बातें मेरे दिल की

HINDI STORY BOOK

लवकुश कुमार मेहता

क्रम-सूची

भूमिका

विश्व स्तर पर अपनी संस्कृति और विरासत के लिए प्रसिद्ध भारत विविध संस्कृतियों से भरा हुआ देश है । परंतु भारत की पितृसत्तात्मक समाज में महिलाएं वर्षों से उत्पीड़ित रही हैं । महिलाओं को सशक्त बनाने के लिए समाज में उनके अधिकारों और मूल्यों को मारने वाले उन सभी नकारात्मक सोच को मारना आवश्यक है जैसे दहेज प्रथा , अशिक्षा , यौन हिंसा, असमानता, भ्रूण हत्या , बलात्कार , वेश्यावृति ।

इस पुस्तक का उद्देश्य जैविक और नैतिक दोनों संबंधों में महिलाओं के पास एक परिवार के भविष्य और विकास के साथ-साथ पूरे समाज को सम्भालने के लिए अधिक क्षमताएं हैं । इस पुस्तक से नारियों के प्रति सामाजिक जागरण तथा समानता कितना जरूरी है यह सिद्ध होता है।

मैं इस पुस्तक की रचना के लिए, पुस्तक निर्माण समिति के परिश्रम को कृतज्ञता व्यक्त करता हूं ।

॰

कविता

हैवानियत

इस सफर से अब तो दिल भी घबराने लगा है, हर मोड़ पे देख कर हैवानों
की हैवानियत रूह अंदर से कांपने लगा है,
हर जगह नारियों को सताया जा रहा, बेटी को घर से बाहरनिकलने
पर डर, बहुओं को घर में ही जलाया जा रहा है,
इस जीवन के सफर में ए सब कब तक सहना पड़ेगा, एक जन्म में
बेटियों को कितनी बार मरना पड़ेगा,
अरे दरिंदों कब तुम्हारे अंदर की दरिंदगी जाएगी, इंसान हो तुम
तुम्हारे अंदर इंसानियत कब आएगी,
अब तो ठहर जाओ, मार कर अपने अंदर की पसुता इंसान बन
जाओ,
अरे इंसानियत बहुत सुंदर चीज है तुम पसुता भूल जाओगे, मेरी
बात मानो इंसानियत से एक बार गले तो लगा कर आओ, तुम बहुत
सुंदर इंसान बन जाओगे ।

• <u>लवकुश कुमार मेहता</u>

2

दो शब्द

प्रिय पाठको, मेरे मित्रों

मैं लवकुश कुमार मेहता, झारखंड राज्य, जिला पलामू का निवाशी हूँ, और अभी स्नातक विषय इतिहास का अभ्यर्थी हूँ।

मेरा यह पुस्तक " बातें मेरे दिल की " तीन कहानियों का संग्रह है उन कहानियों का शिर्षक :-

1. "बिन बेटी का गाँव"

2. "द लास्ट मोमेंट"

3. "बिटिया दरोगा बन गई"

मुझे लिखने का बहुत शौक है, मैं हमेसा कुछ न कुछ लिखते रहता हूँ, ज्यादातर मैं शायरी और कविता लिखता हूँ लेकिन यह पुस्तक कहानी का है। ऐसा नही है कि इसमें सिर्फ कहनी है, बीच बीच मे मैंने कविता और शायरी भी जोड़ा है। पर यह पुस्तक कहानी का ही है। मुझे उम्मीद है आप लोग मेरे इस पुस्तक " बातें मेरे दिल की " को स्नेह, प्यार देंगे। और मेरी छोटी मोटी गलतियों को क्षमा भी करेंगे।

3

बिन बेटी का गाँव

जंगल पहाड़ों के बीच बसा एक गांव जिसमें 55 साल में आज तक किसी लड़की का जन्म नहीं हुआ, अगर किसी का जन्म हुआ भी तो वह 4-5 घंटे होते-होते मर गई। यह गांव वैसे ही हो गया है जैसे बिन पानी का नदी, बेटी विहीन। मुझे आशा ही नहीं बल्कि पूरा विश्वास है कि आप सब को यह कहानी बहुत अच्छा लगेगा।

जैसे हर गांव में कुछ शरारती बच्चे होते हैं वैसे ही इस गांव में भी 4 लड़के हैं यही 17-18 साल के, नाम है 'कल्लू' 'साधु' 'प्रकाश' और 'बीरू' हैं। इस कहानी में एक लड़की है जिसे आपको ध्यान में रखना होगा "सुरभी" जो की इस कहानी का आधार है। तो चलिए अब हम कहानी की शुरुआत करते हैं कल्पना कीजिएगा कहानी में जान आ जाएगी।

बिन बेटी का गांव

घर से थोड़ी दूर जंगल के किनारे दोस्तों की मंडली (कल्लू, साधु, प्रकाश और बीरू, लेकिन अभी यहाँ पे तीन ही दोस्त थे) मौज मस्ती कर रही थी। तभी दौड़ा-दौड़ा कल्लू आया और हाँफते हुए बोला, भाई-भाई तभी प्रकाश बोल पड़ा क्या हुआ रे इतना क्यों हांफ रहा है कौनो कुता सियार दौड़ा दिया क्या या कौनो मर-वर गया इतना काहे हांफ रहा है, कल्लू बोला तुम्हें तो हर वक्त मजाक ही सुझता है चल छोड़ आया तो था तुम्हें बताने पर अब नही बताऊंगा, साधु बोला छोड़ ना यार क्या तुम भी छोटी-छोटी बातों पर लड़कियों की तरह नाराज हो जाता है चल बता भी दे, कल्लू बोला, तू बोल रहा है तो बता रहा हूँ सुन हमारे गांव में एक लड़की आई है मैंने अभी-अभी देखा, जो लोग अब तक आराम से बैठे थे तुरंत खड़े हो गए और बोले क्या लड़की और गांव की तरफ भागने लगे थोड़ा आगे जाकर रुक गए और बोले अरे ससुरा यह तो बताया ही नहीं कि वह किसके घर आई है, साधु तेज आवाज में बोला अरे कल्लूवा वह किसके घर आई है, कल्लू कुछ नहीं बोला और वहीं आराम से बैठ गया, प्रकाश बोला हो गया साले का नया नौटंकी शुरू, चलो अब उसके पास, तीनो उसके पास गए। साधु बोला अरे कल्लू तुमने तो बताया हीं नहीं की वह किसके घर आई है, कल्लू बैठे ही बैठे साधु को कसके एक लात मारा साधु गिर गया और कराते हुए बोला क्यों मारा बे, कल्लू बोला मैं इतना दूर भागते-भागते तुम्हें बताने आया और सालो तुम लोग मुझे ही छोड़ कर चले जा रहे थे, अब जाओ, बीरू बोला अरे भाई बता भी देना ओ क्या है न बहुत महीनों से गांव के बाहर जाने का मौका नहीं मिला, तो किसी हसीना का दर्शन नहीं हुआ इसलिए थोड़ा उतावला हो गए चल अब माफ कर दे और बता भी दे। कल्लू बोला नहीं बताऊंगा अगर बताया तो मुझे छोड़ कर भाग जाओगे, साधु बोला अरे यार नहीं भागेंगे, कल्लू बोला एक शर्त पे बताऊंगा अगर तुम लोग मुझे साथ लेकर चलोगे तो ही बताऊंगा, प्रकाश बोला अब तुम्हें कपार(सिर) पे बैठाकर तो नहीं ले जाएंगे न, तभी साधु बोल पड़ा सुन तुम्हें हम अपने कंधे पर लेकर जाएंगे

चल अब बता, कल्लू बोला तो पहले उठा मुझे, प्रकाश और साधु उसे उठा लिए और चलने लगे चलते चलते बोले अब तो उठा भी लिए अब बता दे, कल्लू बोला वह जो हमारे गांव मे मास्टर जी हैं न उन्हीं के घर वह आई है, प्रकाश बोला साला इतना ही बताने के लिए इतना नवटंकी कर रहा था इतना बोलकर प्रकाश और साधु उसे नीचे गिरा दिए और बोले अब आते रहना आराम से हम चले। वे दौड़ कर भाग गए, कल्लू कराते हुए बोला अबे कमीनों एक लड़की के लिए मुझे फेंक दिए मैं तुमलोगों को कभी माफ नही करूँगा फिर यह भी आराम से उठा और चलने लगा। वे सब वहीं मास्टर जी के घर के पास एक पीपल का पेड़ था वहीं पर रुक गए और सोचने लगे अरे यार यहाँ तक तो आ गए पर अब उनके घर कैसे जाएं तभी वह लड़की खिड़की के सामने आई, साधु बोला भाई जाने की जरूरत नहीं वह देखो खिड़की के सामने, तभी पर्दा लग गया वे सब बोले कहां-कहां साधु बोला अरे यार पर्दा लग गया, बीरू बोला, साधु बोल न वह कैसी दिख रही थी, साधु सपनों की दुनिया में खो गया और कहता है,

"अरे यार क्या लड़की है, ब्लू ड्रेस सफेद दुपट्टा, होठ पे लाली बदन पे दुपट्टा, बालों में गजरा आंखों में कजरा, देखो उसके कानों में छोटी सी है गोल-गोल बाली, काश कि वह हो जाए मेरी घरवाली"

प्रकाश उसके सिर पर एक हाथ मारते हुए बोला क्या बे हो गया तेरा ड्रामा शुरू तूने एक ही सेकंड में सब देख लिया, साधु अभी भी सपनों की दुनियां में घूम रहा है और बोला अरे तुम क्या जानो प्रकाश बाबू हमें तो उनसे इश्क हो गया है इश्क, "मैं अपने मन की आंखों से अभी भी देख रहा हूँ, धीरे-धीरे उनके करीब जा रहा हूँ," तभी कल्लू पहुंचा और उसे एक लात मारा साधु बोला किसने मारा-किसने मारा, अब वह अपने सपनों की दुनियां से पुरी तरह बाहर आ चुका था, कल्लू बोला क्या हुआ मैंने मारा, साधु कहता है अरे यार तुमने गलत टाइम पर इंट्री मारा, मैं अभी उसके पास पहुंचने ही वाला था, उधर से प्रकाश भी एक हाथ मारा और बोला सुन सपनों के राजकुमार यह सपनों की दुनियां से बाहर आ और यह सोच की उनके घर जाए कैसे, साधु बोला अरे हाँ यार मैं तो भूल ही गया था। (" एक बात है यह लोग खूब झगड़ते हैं पर दोस्ती बहुत शानदार है कोई किसी को मारे गाली दे कुछ भी कर दे पर बुरा

कोई नहीं मानता सभी बड़े प्यार से रहते हैं") अभी सब सोंच ही रहे थे कि साधु चिल्लाता है:- प्रकाश बिच्छू, प्रकाश बोला क्या बिच्छ, मतलब तुम मास्टर जी के घर बिच्छू डालेगा, उसने कहा अरे यार तुम जहां बैठा है वहाँ जड़ी के नीचे बिच्छू है, प्रकाश झट से खड़ा हो गया और देखा बहुत बड़ा तो नहीं था पर बड़ा ही था, प्रकाश ने पत्थर उठाया और मारने के लिए हाथ बढ़ाया, साधु बोला एक मिनट, प्रकाश रुक गया और बोला क्या एक मिनट, साधु बोला मिल गया मास्टर जी के घर जाने का रास्ता प्रकाश बोला कैसे, साधु बोला पहले उस बिच्छू को निकालो वरना भाग जाएगा' प्रकाश बोला निकालना क्यों मार देते हैं और बाकी सभी ने भी कहा हाँ-हाँ मार देते हैं, साधु बोला क्या हाँ-हाँ दिमाग तो है नहीं और खाली हाँ-हाँ बोलोगे, कल्लू बोला तो तू ही बता दे, साधु बोला देख यह बिच्छू ही हमें मास्टर जी के घर तक पहुँचाएगा, प्रकाश बोला कैसे, साधु बोला देख इसका जो विषैला पूछ है उसे काट कर फेंक देंगे, और किसी एक को नाटक करना होगा कि हमें बिच्छू ने डंक मार दिया है और प्रमाण के तौर पर यह बिच्छू दिखा देंगे, कल्लू बोला अगर इंजेक्शन देने के लिए बोले तो साधु बोला चुप बे डरपोक इंजेक्शन देने के लिए उनके घर में इंजेक्शन भी तो होना चाहिए न और जब वह नहीं होगा तो क्या करेंगे वही जड़ी-बूटी तो हो गया न अपना काम, प्रकाश बोला हाँ, पर यह नाटक करेगा कौन, बीरू बोला अरे नाटक बाद में करना पहले यह देखो कि वह बिच्छू गया कहां, साधु बोला लगता है अंदर घुस गया, साधु जैसे ही अपना पैर आगे बढ़ाया वह चीख़ कर पीछे हो गया, देखा तो बिच्छू उसके पैर के नीचे आ गया साधु का हालात खराब होने लगा, तुरंत बिच्छू का विषैला डंक काटा गया और फिर बिच्छू को भी मार दिया गया, साधु तड़पने लगा, कल्लू कहता है अरे यार यह क्या हो गया जो नाटक करना था वह वास्तविक में हो गया, प्रकाश तुरंत अपना गमछा फाड़ा और उसके पैर में बांध दिया, कल्लू और प्रकाश उसे उठाकर तुरंत मास्टर जी के घर ले गए, चाची वहीं बाहर बैठी थी बोली अरे क्या हुआ, प्रकाश बोला चाची इसे बिच्छू डंक मार दिया, वह बोली इसे बैठाओ फिर मास्टर जी को बुलाई, बेटा जल्दी आना मास्टर जी आए, चाचा बोले अरे बेटा देखो ना इसे बिच्छू डंक मार दिया है इंजेक्शन है तो लगा दो मास्टरजी

अंदर गए, चाची पूछती हैं कहां थे तुमलोग और क्या कर रहे थे जो इस प्रकार बिच्छु से डंक मरवा कर आ गए, कल्लू कहता है वह चाची हम लोग तभी प्रकाश बोल पडा, चाची हम लोग उस पेड़ के नीचे खेलने के लिए सब साफ कर रहे थे औऱ तभी ऐसा हो गया, मास्टर जी अंदर से आए उनके साथ उनकी पत्नी और वह लड़की भी आई, मास्टर जी की पत्नी प्रकाश को पंखा दी और बोली प्रकाश इसे पंखा कर दो, प्रकाश पंखा करना शुरू कर दिया, मास्टर जी कहते हैं एक ही एम.ल (1ml) शेष रह गया था, अगर इतना में नहीं हुआ तो डॉक्टर के पास जाना पड़ेगा मेरे पास यह बहुत दिन से बचा था देखते हैं। अब जो बाकी दोस्त हैं उनका ध्यान अपने दोस्त पर कम और उस लड़की पर ज्यादा है प्रकाश का भी वही हाल है, पर यह पलायन बनाने वाला बेचारा साधु दर्द से कराह रहा है, प्रकाश का ध्यान उधर ही था ध्यान नहीं दिया और साधु को पंखे से सिर पर लग गया, चाची बोली बेटा आराम से, मास्टर जी बोले चलो बताओ किस जगह डंक मारा, पैर पूरा गंदा था, पैर धोने के बाद साधू कहता है यहाँ पे, मास्टर जी वहाँ इंजेक्शन लगाते हैं और कहते हैं देखो उम्मीद तो है की आराम मिल जाए। चाची कहती हैं तुमलोग आराम से घर पर नहीं रह सकते यूं ही गर्मी धूप दौड़ते रहते हो, वह लड़की कहती है दीदी मेरा सिर चक्करा रहा है वह (मास्टर जी की पत्नी) बोली चल बैठ जा पर वह गिरने लगी, उसे पकड़ कर बैठा देती है और कहती है शीतल-शीतल क्या हुआ, शीतल बेहोश(अचेतावस्था में) हो गई, वह बोली देखिए न जी यह क्या हो गया, मास्टर जी देखते हैं फिर आँख पर पानी का छींटा मारते हैं हल्का होश आता है और फिर से वह बेहोश हो जाती है दो-तीन बार ऐसे ही हुआ मास्टर जी की पत्नी रोने लगी क्या हो गया, मास्टर जी कहते हैं देखो तुम रो मत सब ठीक हो जाएगा मैं डॉक्टर को बुलाता हूँ, चाची कहती है नहीं बेटा डॉक्टर को मत बुलाओ इसे इसके घर छोड़ आओ, मास्टर जी कहते हैं माँ यह क्या कह रही हो बीमारी हालत में मैं इसे घर कैसे छोड़ सकता हूँ, चाची कहती हैं देखो बेटा बहुत देर हो जाएगी मेरी सुनो देर मत करो मैं जितना कह रही हूँ उतना करो, मास्टर जी कहते हैं पर माँ, वह कहती है बेटा शायद तुम्हें याद नहीं कि वह लड़की मरते वक्त क्या बोली थी कैसे याद होगा तुम तो उस वक्त थे ही नहीं, यह उस लड़की

का ही श्राप का नतीजा है इसका यहाँ कुछ नहीं हो सकता और अगर देरी की तो फिर अनर्थ हो जाएगा, मास्टर जी तुरंत बाइक निकाले और कहते हैं कल्लू तुम पंखा करो और प्रकाश तुम मेरे साथ चलो शीतल को अच्छे से पकड़ लेना, शीतल को गाड़ी पर बैठाते हैं और लेकर चले जाते हैं, मैडम जी रोने लगती है, चाची कहती है मत रो बहु क्या करोगी यह तो होना ही था भला उस बेबस लाचार का श्राप कैसे टल सकती है। मत रो सब ठीक हो जाएगा, यह दोस्त लोग आपस में बात करते हैं लड़की का श्राप यह क्या है, बिरू कहता है चाची कुछ पूछना था, चाची बोले हाँ पूछो क्या पूछना है, बिरू बोला आप कौन सी लड़की कैसा श्राप की बात कर रहे हैं, चाची कहती हैं यह सब छोड़ो यह बहुत लंबी कहानी है, फिर ये लोग ज़िद्द करने लगते हैं बताइए चाची बताइए क्या हुआ था, वह कहती है बहुत साल पहले इस गांव में एक लड़की पर अत्याचार हुआ था तो वही लड़की श्राप दी थी कि यह गांव बेटी विहीन हो जाए और उसी का नतीजा है कि इस गांव में एक भी लड़की, एक भी बेटी नहीं है, साधु उठ कर बैठ गया, चाची बोली अरे तुम अभी आराम करो साधु बोला चाची अब ठीक है पर आप जो वह श्राप वाला बात बोले अच्छे से बताइए न, कोई लड़की ऐसा श्राप क्यों देगी क्या हुआ था कुछ तो बहुत गलत हुआ होगा बताइए चाची कुछ भी समझ नहीं आया, चाची बोले अरे छोड़ो भी क्या बीते हुए बातों को याद करना जो हो गया वह तो हो हीं गया चाची इतना कह कर रोने लगी, कल्लू बोला चाची आपके आंखों में आंसू है मतलब कोई बड़ी घटना है चाची क्या हुआ है हमें जानना है बताईए आप नहीं बताएंगे तो हम सब यहीं रह जाएंगे नहीं जाएंगे, चाची बोली अरे तुम लोग अभी बच्चे हो दिमाग पर जोर मत दो आराम से खेलो खाओ और अभी साधु को घर पहुंचा दो, साधु बोला चाची आपको उस बेटी की कसम बताना होगा, चाची बोली तुम लोग ऐसे नहीं मानोगे चलो ठीक है सुनो।

यह बात उस समय की है जब मैं बहू बनकर इस गांव में नई आई थी यह गाँव बहुत ही सुंदर था यहाँ उस वक्त हर तरफ चहल-पहल थी, उस वक्त इस गांव में हर तरफ हरियाली खुशहाली थी आज की तरह बंजर बिरान नहीं था यहाँ के लोग मिल जुल के रहते थे और बहुत खुश रहते थे गांव में कोई भी कार्यक्रम या शादी होता तो ऐसा लगता जैसे कोई

त्यौहार आया है। लेकिन एक आदमी था जिसके वजह से गांव के लोग परेशान रहते थे वह महीने में दो-तीन बार आता था और लोग उसे पैसा देते थे और जो देने से मना करता उस पर वह बहुत जुर्म करता था। मेरे शादी के लगभग 4 महीने बीत चुके थे गांव की कुछ लड़कियां कॉलेज में पढ़ने जाती थी जिसमें "एक लड़की जिसका नाम सुरभी था" वह बिल्कुल अपने नाम की तरह थी हर दिन की तरह वह उस दिन भी कॉलेज गई थी,

" वह दिन काला था या वक्त हीं काली थी, जिस दिन कुछ पापियों के हाथ एक बेटी बिन आग के जली थी"

कॉलेज में एक लड़के ने उसका हाथ पकड़ा फिर छेड़खानी करने लगा इस लड़की को गुस्सा आया और एक तमाचा उसके गाल पर लगा दी फिर वहाँ से भागकर सर के ऑफिस में चली गई, वहाँ शिकायत की और शिक्षक ने उसे सजा दिया, वह लड़का यह सब सहन नहीं कर सका और घर जाकर अपने पिता को सब बता दिया। (उसका पिता वही बदमाश था जो गांव में अशांति फैलाता था) शाम के लगभग 4:00 बजे थे और वह गांव में आया, सुरभी के घर गया और उसे खींचकर बाहर निकाला सुरभी के माता-पिता बोले कहां ले जा रहे हो मेरी बेटी को छोड़ दो (सुरभी के घर में सुरभी उसके माता-पिता और एक कुत्ता था परिवार में बस यही थे)

उसने कहा छोड़ दूं अच्छा छोड़ दूंगा पर पहले इस महरानी से यह पूछो कि इसने आज कॉलेज में क्या किया है, तुम्हें पता नहीं कि इसके कितने बड़े हाथ हो गए हैं सुरभी की माँ बोली मुझे पता है कि किसके हाथ बढ़ रहे हैं और कौन क्या कर रहा है मेरी बेटी मुझे सब बताई है और तुम्हारा भी भलाई इसी में है कि आराम से यहाँ से लौट जाओ वरना मैं, वह बदमाश बोला, वरना वरना क्या तुम मुझे मरोगी सुरभी के पापा बोले मैं नहीं आज हम मारेंगे पूरे गांव वाले मिलकर, वह बदमाश हँसने लगा, गाँव के बहुत सारे लोग वहीं खड़े थे पुरा भीड़ था, वह कहता है यह गांव के लोग मुझे मारेंगे इतनी हिम्मत कब से आ गई, फिर अपने बेटा से कहता है बेटा जो बतमीजी यह तेरे साथ की है उसका परिणाम क्या है इसे बता दे यह भी बता कि हम से पंगा लेने का मतलब क्या होता है और देखते हैं किस गांव वाले का पैर आगे बढ़ता है। सुरभी की माँ बोली देखो

तुम मेरी बेटी को छोड़ दो इसे कुछ मत करना वरना परिणाम भयंकर होगा, उस बदमाश का बेटा सुरभी का दुपट्टा खींच लिया सुरभी चीखती है माँ-पापा सुरभी के माता-पिता को उसके आदमी पकड़े हुए रहते हैं, और बाकी गांव के लोग देखते रहते हैं, 5-7 लोग घेरा बनाकर सुरभी को गेंद की तरफ पास करते हैं कभी इसके पास कभी उसके पास धक्का देते हैं सुरभी मदद के लिए पुकारती रहती है पर कोई उसके पास मदद के लिए आगे नहीं बढ़ा। बदमाश के बेटे ने सुरभी के बदन से कपड़े फाड़े सुरभी ने उसका हाथ अपने दांतो से काट दिया, फिर बदमाश गुस्सा हो कर बोला तेरी इतनी हिम्मत मेरे बेटे का खून बहाई और बेरहम की तरह पीटने लगा वह बोला रूकिए पापा इसे मैं ही देखता हूँ, इसके दांत बहुत बड़े हो गए हैं इतना कहने के बाद वह सुरभी का बाल पकड़कर खींचने लगता है वह चीखती रही पर कोई मदद नहीं करता सभी गर्दन झुकाए खड़े हैं सुरभी के साथ बहुत बुरा बर्ताव होता है उसका कपड़ा जानवर की तरह फाड़ देते हैं उसकी माँ यह सब देख नहीं पायी और बेहोश हो गई, सुरभी सभी के बीच वहीं बैठ रोने लगी वह बदमाश कहता है पता चला कौन तुम्हारे साथ है और कौन मेरे खिलाफ, यह सब मुझसे डरते हैं और जो नहीं डरते उसका यही हर्ष होता है और हँसने लगा। सुरभी कहती है अरे नीच पापी तू हंस क्या रहा है शुकर मना कि इस गांव में कोई मर्द नहीं है कोई इस बहन का भाई नही है वरना वह तेरा हाथ किसी नारी को छूने से पहले ही उखाड़ फेकता वह तेरा कलेजा चीर डालता जैसे महाभारत में भीम ने दुर्योधन का कलेजा चीरा था और मेरा इज्जत सिर्फ तुम लोगों ने नही लूटा बल्कि तुम्हारे साथ पुरे गांव वालों ने भी लुटा है। सभी गांव के लोग सुरभी को देखने लगते हैं वह कहती है क्योंकि यह लोग तुम्हारे साथ थे इसलिए तो मुझे किसी ने नहीं बचाया और जब इस गांव में नारी की रक्षा नही हो सकती, 1000 लोग मिलकर 10 लोगो से एक बेटी की इज्जत नही बचा सकते तो आज मैं इस गाँव से बेटियों को आजाद करती हूँ, वह पुरा गुस्सा से लाल हो कर बोली अब से इस गांव में किसी भी बेटी का इज्जत नहीं जाएगा जैसे सीता माता परीक्षा दी थी वैसे आज मैं कहती हूँ, धरती आकाश को साक्षी मानकर श्राप देती हूँ, कि आज के बाद इस गांव में कभी भी किसी बेटी का जन्म नहीं होगा, इस गांव में बेटी

शब्द नही होगा, यह गांव बिन बेटी समसान जैसा हो जाएगा जो बाहर से आएगी वह भी 4 से 5 घंटे के अंदर मर जाएगी, यह गांव बेटी विहीन हो जाए। अगर मैं पवित्र बेदाग हूँ तो यह गांव बेटी विहीन हो जाए। कोई भी बेटी का जन्म हो तो वह भी 4 घंटे के अंदर मर जाए । आज के बाद अब यहाँ किसी बेटी का आबरू नही लूटेगा, और जिस तरह तुम लोगों ने मेरा वस्त्र कुते की तरफ फाड़ा है देखना तुम्हें भी जानवर जीते जी नोच नोच कर खा जाएंगे, नोच नोच कर खा जाएंगे, तेरा पूरा खानदान का विनाश हो जाएगा यह मेरा श्राप है यह सुरभी का श्राप है। उस बदमाश को गुस्सा आया और उसने सुरभी को गोली मार कर हत्या कर दिया सुरभी मर गई। एक पल के लिए संनाटा छा गया।

थोडी देर बाद वह बदमाश यह कहते हुए वहाँ से जाने लगा की बड़ी आई थी सीता बनने वाली और फिर गाड़ी में बैठ कर चल दिया। सुरभी के माँ के चेहरे पे पानी छिटा गया वह होश में आई तो देखी सुरभी मर चुकी है सुरभी के माता-पिता बहुत रोए। थोड़ी देर बाद कुछ लोग पास आए और बोले जो हो गया वह तो हो ही गया शाम भी हो रही है चलिए इसे जला देते हैं। सुरभी की माँ गुस्से से लाल हो गई और बोली जो हो गया सो हो गया क्या हो गया यह कोई मूर्ति थी जो हाथ टूट गया फूट गया फिर से बन जाएगा यह कोई मसीन थी जो खराब हो गई बन जाएगी, 1000 लोग मिल कर एक बेटी की इज्ज़त नही बचा सके, सुनो नामर्द तुम सब नामर्द हो और कोई भी नामर्द मेरी बेटी को नहीं छुएगा, और इसे जलाऊँगी नहीं इसी धरती माँ को समर्पित करूंगी। अब पूरा शाम हो गया था सुरभी के माता-पिता सुरभी को कंधे पर उठाते हैं और फिर दोनों पति-पत्नी मिलकर दफना देते हैं। आज रात ऐसा लग रहा था जैसे और भी अनहोनी होनी बाकी है कुते रो रहे थे उधर लोमड़ी का भी आवाज आ रहा था आज का रात बहुत ही डरावना सा लग रहा था जैसे धरती पर प्रलय आने वाली है। अगले दिन वह बदमाश का बेटा अपने दो-तीन साथियों के साथ आता है और सुरभी के घर जाता है सुरभी के माता-पिता बैठे थे यह जाकर कहता है क्या हुआ चाची यह गांव तो बेटी विहिन हुआ नहीं और देखो मेरा परिवार भी सही सलामत है, आपकी बेटी तो बोली थी अगर मैं पवित्र बेदाग हूँ तो गांव बेटी विहीन हो जाएगा, तेरा खानदान बर्बाद हो

जाए, कुछ ऐसी ही बोली थी न, मतलब वह पवित्र नही अपवित्र थी और हँसने लगता है सुरभी के माता-पिता कुछ नही बोलते, सुरभी का कुता भोकने लगता है ऐसा लगा जैसे काट लिया, वे लोग घर से बाहर निकल जाते हैं, वह कुता उसके पीछे भागता है और उस पर झपटा मारा उसके आदमी कुत्ते को मारने लगे, वहाँ पास पड़ोस के सारे कुत्ते आ जाते हैं और उन्हें नोचने लगते हैं एक बंदा उसके पास कॉल किया कहता है अंकल बचाओ तभी एक कुत्ता उस पर भी झपट्टा तीनों को कुत्ते नाचने लगे। सारे कुत्ते ऐसे नोच रहे थे जैसे किसी मरे हुए जानवर को नोचते हैं गांव के लोग देख रहे थे तीनों का शरीर खून से लथपथ हो गया वे तीनों मर गए। गांव वाले समझ गए कि यह उसी लड़की का श्राप है जो इन सबको कुत्ते नोच रहे हैं। थोड़ी देर बाद वह बदमाश आया और बोला किसने किया यह किसकी इतनी हिम्मत हो गई, वह देखा तो सारे कुत्तों का मुंह खून से लाल था, वह हैरान हो गया क्या इन कुत्तों ने ऐसा किया फिर उसे कल का श्राप याद आया और वह कुत्तों के ऊपर गोली चलाया, सुरभी का कुता दौड़ा और उस पर झपट्टा मारा गांव के लोग साइड से सब देख रहे थे, कुछ लोग भाग गए और सारे कुत्तों ने उन्हें नोच नोच कर मार दिया पूरा सड़क खून में सन गया था। एक व्यक्ति कहता है लगता है उसका श्राप सच हो रहा है। यानी यह गांव भी बिन बेटी समसान हो जाएगा, एक कहता है अरे नहीं ऐसा नही होगा और होगा भी तो क्या दिक्कत कम से कम सिर से बेटी नाम का बोझ तो मिट जाएगा न और फिर दहेज के लिए भी सोचना नहीं पड़ेगा। इतना सुनते ही कुछ लोग बोले कैसा इंसान है रे तू जिस माँ से जिस नारी ने तुम्हें जन्म दिया उसे बोझ कह रहा है भगवान ना करे तुम जैसे लोग जो बेटी को बोझ समझते हो कभी धरती पे जन्में, वह कहता है तुम लोग कौन सा अच्छा समझते हो अगर अच्छा सोचते तो कल उस अबला की इज्जत लूटते नही देखते, कोई कुछ नही बोला फिर सब लोग अपने अपने घर चले गए। रोड अभी भी खून से लाल है मक्खी भिन्न बिन्ना रहे हैं, सारा लाश यूं ही लावारिस की तरह पढ़ा हुआ है शरीर का अंग भँग हो गया, किसी का हाथ कही है तो किसी का मुंडी ही नही है किसी के पेट का सारा अतड़ी बाहर है। कुछ पल बाद पता चलता है कि उस बदमाश के घर में गैस सिलेंडर ब्लास्ट किया और घर

तहस-नहस हो गया सारा परिवार खत्म हो गया।

Interval

अब सभी गांव वाले के जेहन में एक डर बैठ गया था की अब यह गांव बेटी विहीन हो जाएगा। 2 महीना बीत गया पर कोई अनहोनी नहीं हुई थी तो गांव के लोग में थोड़ा आत्मविश्वास बढ़ा कि शायद वह हमें माफ कर दी अब सब ठीक है कुछ ही दिन बाद एक लड़की का जन्म हुआ उसे देखने पूरा गांव आ गया सबके चेहरे पर खुशी थी पर दो-तीन घंटे होते-होते उस बच्ची का हालत खराब हो गया डॉक्टर भी कुछ न कर सका और बच्ची आखरी सांस ले ली। गांव के लोग अब ज्यादा डर गए थे जितनो की बेटियां थी सब शादी करने के लिए सोचने लगे कुछ का शादी भी हो गया। 8 महीना गुजर गया, अचानक से गांव में महामारी आई जिसमे बहुत सारे लोग मर गए और सबसे बुरी खबर की गांव की सारी बेटियां इस काल की गाल में समा गई। उस गांव से रोज लाशें निकलती थी गांव पूरा समसान सा हो गया, बेटी शब्द उस गाँव से मिट गया। अब लोग अपने बहु को भी बेटी कहने से डरते हैं।

"सजा दी या परोपकार किया तुमने, सुरभी बेटियों को आजाद किया तुमने, इस जग में बेटी का सम्मान नही, अपनाम के बोझ से दब रही बेटियों को आजाद किया तुमने, सजा दी या परोपकार किया तुमने, सुरभी बेटियों को आजाद किया तुने,"

लगभग 10 साल बीत चुके थे गांव अब जैसे गांव नहीं बल्कि श्मशान घाट की तरह हो गया कही कोई चहल-पहल नही गांव से खुशी ही चली गई पूरा वंजर जैसे हो गया जैसे कि आज तुम देख रहे हो अब तक किसी लड़के के कलाई पर राखी नहीं बन्ध पाया किसी माता-पिता के मुंह से बेटी शब्द नहीं निकला यह गांव वैसे ही हो गया है जैसे बिन चाँद सितारों का आसमान। कुछ लोग ने सोचा क्यों ना बेटी गोद लिया जाए कुछ लोगों हॉस्पिटल गए और एक लड़की को गोद लिया, वह गांव आए पर कुछ ही देर में उसका भी हालत खराब होने लगा, लोग समझ चुके थे कि अब इस गांव में बेटी शब्द नहीं हो सकता फिर उस लड़की को जहां से लाए थे वही दे दिया गया और फिर आज 55 साल हो गए कोई भी लड़की इस गांव में नहीं जन्मी। यही थी कहानी। चाची के साथ-साथ उन सबके

भी आंख नम थे चाची आंसू पोछते हुए कहती हैं बेटा तुमलोग एक वादा करोगे वे लोग कहते हैं क्या चाची, चाची बोली बेटा तुमलोग कभी भी किसी लड़की पर बुरी निगाह मत डालना और कहीं भी किसी भी नारी पर अत्याचार हो रहा हो तो उसका विरोध करना ये सब बोलते हैं। चाची हम कसम खाते हैं कभी भी किसी भी नारी पर बुरा नजर नहीं डालेंगे और हमेशा नारी का सम्मान करेंगे हमारी आंखों के सामने कभी किसी लड़की का इज्जत नहीं जाएगा उन पर अत्याचार नहीं होगा चाची हम वादा करते हैं। चाची बोली बेटा मुझे तुमसे यही उम्मीद थी साधु बोला चाची अब कुछ भी नहीं हो सकता क्या, जैसे जादू-टोना, ऋषि-मुनि, चाची बोले बेटा इस गांव के लोग सब कर चुके हैं पर कोई फायदा नहीं। अभी मास्टर जी और प्रकाश भी आ गए चाची बोली बेटा शीतल कैसी है मास्टर जी बोले वह बिल्कुल ठीक है, प्रकाश बोला चाची वह गांव के बाहर जाते ही ठीक हो गए थे, चाची बोले चलो अच्छा है मास्टर जी बोले साधु अब कैसा है, साधु बोला बहुत हद तक ठीक है पर थोड़ा बहुत दर्द है, मास्टर जी की पत्नी मास्टर जी के लिए पानी लाती है फिर कुछ देर बाद ये लोग भी अपने अपने घर चले जाते हैं। रास्ते में प्रकाश को भी सारी बात बताते हैं प्रकाश कहता है हाँ यार बहुत गलत हुआ था उनके साथ ऐसा नहीं होना चाहिए था और शायद सजा भी ऐसी ही मिलनी चाहिए थी। आपको पता है गांव का कोई भी व्यक्ति किसी बच्ची को अपने माता-पिता के साथ देखते तो उनकी आंख में आंसू आ जाते हैं अब पता नहीं क्या होगा, इस गांव में जल्दी कोई अपनी बेटी भी व्यहना नही चाहता है इस गांव वालो को कोई भी दूसरी गांव की नारी समान की दृष्टि से नही देखती सब यही कहते हैं वह लड़की ठीक ही बोल कर गई है इस गांव में नामर्द रहते हैं वरना कोई उसकी रक्षा जरूर करता। चलिए अब देखते है वे लोग क्या कर रहे हैं उनपे चाची की बातों ने कितना गहरा प्रभाव डाला है। वे एक पेड़ के नीचे बैठकर बात कर रहे हैं, यार हमने सुना है कोई भी ऐसा समस्या नहीं जिसका समाधान नही है तो क्या इसका कोई समाधान होगा, हां यार कोई तो रास्ता जरूर होगा पर क्या होगा यही नहीं पता चल रहा, एक ने कहा यार हम लोग सोशल मीडिया फेसबुक,इंस्टाग्राम चलाते रहते हैं फालतू में अपना वक्त बर्बाद करते हैं क्यों न आज काम की बात हो जाए,

साधु ने कहा, समझा नहीं कहना क्या चाहते हो प्रकाश बोला देख हम यूं ही सोचते रहे तो कुछ होने वाला नहीं है इसलिए हम फेसबुक से मदद लेंगे पहले यह बताओ तुम सब के कितने-कितने दोस्त हैं। किसी ने कहा 3000 किसी ने कहा 3200 और यही आस-पास सब के दोस्त हैं। सभी अपने सारे दोस्त का ग्रुप बनाओ और एक दूसरे से समाधान पूछो इतने में से कोई तो होगा जो बताएगा, सभी ने फटाफट ग्रुप बनाया और यह मैसेज फॉरवर्ड कर दिया। कुछ लोगों ने तो इसे गंभीरता से लिया वहीं कुछ लोगों ने मजाक उड़ा दिया 2 दिन बीत गए वैसा कोई भी उत्तर नहीं मिला, कुछ दिन बाद एक व्यक्ति ने कहा भाई मुझे डायरेक्ट मैसेज करो, प्रकाश मैसेज किया उसने कहा एक तरीका से हो सकता है एक बाबा हैं दूर उस पहाड़ी पर रहते हैं वहाँ और भी ऋषि मुनि रहते हैं वह 2 साल में सिर्फ एक बार ही दर्शन देते हैं और डेढ़ महीना बाद वह बाहर आने वाले हैं, वह 15 दिन बाहर रहते हैं उसके बाद फिर से चले जाते हैं और डेढ़ महीने में उनका 2 साल पूरा होने वाला है वह बहुत ही सिद्ध महात्मा है वह तुम लोगों की मदद जरूर करेंगे। प्रकाश, साधु सब दोस्त आपस में बात किए और फिर गांव वालो को बताते हैं। गांव वाले कहते हैं बेटा हम लोगों ने सब करके देख लिया है अब हमें उम्मीद नहीं है यह लोग कहते हैं चाचा जी एक बार हमारी बात को मानिए, जरा उनसे मिल तो लीजिए फिर एक बुजुर्ग कहते हैं जैसे हम लोगों ने इतना किया यह भी कर के देख लेते हैं, सभी सहमत हो जाते हैं पर अब शिवाए इन दोस्तों के और किसी को कोई उम्मीद नहीं रह गई है। धीरे धीरे वक्त गुजरता गया और अब डेढ़ महीना करीब है। गांव से 25-30 लोग जाते हैं, उन लोगों के साथ वह भी है जिसने उनके बारे में बताया है अब सभी ऋषि मुनि के दरबार में आ चुके हैं। कुछ ऋषियों ने इन्हें बैठाया फिर पूछा कि किनसे मिलना है बताएं, ये लोग बोले हमें उस बाबा से मिलना है मुनि बोले वह अभी पूजा कर रहे हैं आप लोग थोड़ा इंतजार कीजिए। कुछ देर बाद वह बाबा आए, थोड़ी देर सांत रहे सबको देखते रहे और फिर गुस्से से बोले यहाँ क्यों आए हो एक ने कहा बाबा हमारी मदद कीजिए, बाबा बोले जाओ तुम लोग जो किए हो उसकी सही सजा मिल रही है उस लड़की ने सही श्राप दिया है, एक व्यक्ति फुसफुसाते हुए बोला तुमने इन्हें सब पहले ही बता

दिया था। इसने कहा नहीं मैंने नहीं बताया और उन्हें बताने की जरूरत भी नहीं है वह स्थिति को भाप लेते हैं समझ जाते हैं। कुछ लोगो ने कहा बाबा आप यह सब कैसे जानते हैं बाबा ने कहा यह तुम लोगों को जानना जरूरी नहीं, एक बुजुर्ग आगे बढ़ते हुए कहते हैं बाबा आप सब जानते हैं तो थोड़ी दया हम गांव वासियों पर भी कर दीजिए। हम सभी अपनी गलती स्वीकार करते हैं हम लज्जित भी हैं बाबा, हम एक हजार होते हुए भी 10 लोगों से अपनी बेटी की रक्षा नहीं कर पाए। बाबा बोले वही तो वह लड़की श्राप दी है जब तुम लोग बेटी का इज्जत नहीं कर सकते, रक्षा नहीं कर सकते तो फिर क्यों बेटी चाहिए फिर से उसका जीवन बर्बाद करने के लिए, उसका इज्जत लुटता रहे और तुम सब तमासा देखो, गांव वाले बोले, बाबा हम मानते हैं जो गलती हम लोग ने कि है उसकी यह सजा कम है पर हमें सुधरने का एक मौका तो मिलना चाहिए और आखिर हम इंसान हैं गलती तो हो ही जाती है, बाबा वापस भड़क गए इंसान हो गलती हो जाती है जब इंसान हो गलती हो जाती है तो तुम्हारी गलती की सजा तुम्हें मिलनी चाहिए फिर उन मासूमों को क्यों मिलती है उन नारियों को क्यों चुकानी पड़ती है उनकी ही इज्जत दाव पर क्यों लगती है, कभी यह क्यों नहीं कहते कि मैंने अपना सिर गलती से फोड़वा लिया या यह क्यों नहीं कहते कि मेरी गलती से मैंने अपना हाथ तोड़ लिया या तुड़वा लिया क्या कभी ऐसा हुआ है नहीं ना, अब बस भी करो कि हम इंसान हैं और गलती हो जाती है। गलतियां करने के लिए, अपना गुस्सा उतारने के लिए तुम्हें सिर्फ नारियां ही दिखती है कहते हो इंसान हूं गलती हो जाती है गुस्सा होते हो तो अपने बिवी पर बेटी पर या माँ पर गुस्सा निकालते हो उन्हें कमजोर समझते हो, कभी उसपे गुस्सा क्यो नही निकालते जो तुम्हारे गलत व्यवहार के लिए तुम्हारा मुह तोड़ दे। समझ नही आता तुम्हारे नजर में स्त्री इतना कमजोर कैसे हो सकती है यह मत भूलो कि तुम अपने पिता के नहीं माँ के पेट में 9 महीना रहे हो, वह माँ पुरुष से कई गुना ज्यादा ताकतवर है, अगर तुम खुद को शेर समझते रहे हो तो तुम्हारी माँ सवा शेर है। यह मत भूलो की कभी भी बिल्ली का बच्चा शेर नहीं होता बल्कि शेरनी का बच्चा ही शेर होता है वह 9 महीना तुम्हें अपने पेट में रखती है अपना पुरुष तुम्हें प्रदान करती है 9 महीने तुझे

अपना खून पिलाती है और सिर्फ तुम्हें ही नहीं तुम्हारे जैसे तुम्हारे भाई बहन भी होंगे तो सोच उस नारी में कितना ताकत है जो तुम जैसे को जन्म देती है अंत में यह होता है कि वह नारी अपना सारा शक्ति अपने बच्चे को दे देती है और खुद शक्तिहीन हो जाती है और फिर तुम खुद को ताकतवर कहते हो, उसका घर का जानवर बराबर भी सम्मान नहीं करते और कहते हो गलती हो गई छी है ऐसी जीवन पर, सभी बाबा के पास जाकर रोने लगते हैं और कहते हैं बाबा हमसे बहुत बड़ी गलती हो गई अब से हम कभी भी ऐसा नहीं करेंगे हमें माफ कर दीजिए बाबा हमें एक मौका दीजिए, बहुत देर बाद फिर उस बाबा का भी दिल पिघल जाता है और कहते हैं ठीक है पहले बताओ उस लड़के का कपड़ा है, वे लोग कहते हैं नहीं बाबा लेकर नहीं आए हैं पर उसके घर में जरूर होगा, बाबा कहते हैं ठीक है पहले लेकर आना और हो सके तो उसके माता-पिता को भी साथ में ले आना और ज्यादा समय नहीं है 10 ही दिन है, गांव के लोग कहते हैं बाबा हम सभी कल सुबह पहुंच जाएंगे। वापिस सभी गांव चले आते हैं। आज गांव वालो के चेहरे पे खुशी दिख रही है मतलब इन्हें अब यह लगने लगा है कि अब सब ठीक हो जाएगा, आपको क्या लगता है यह इतना आसान है। अच्छा चलिए आगे देखते है क्या होता है।

अगले दिन

अगले दिन वापस सब वही पहुँच गए और बाबा को सुरभी का कपड़ा दे दिए, बाबा आंख बंद किए और अंतर्ध्यान हो गए कुछ देर बाद आंख खुली तो बोले उस लड़की का आत्मा अब तक भटक रही है, मैं कुछ भी नहीं कर सकता। सभी शांत हो गए, एक बार जो उम्मीद की किरण जगी थी वह फिर वापस चली गई, बाबा बोले मैं तो कुछ नही कर सकता पर हमारे गुरुदेव कुछ न कुछ उपाय जरूर निकाल देंगे। चलिए हमें वहाँ चलना होगा, सबके चेहरे पर एक बार फिर से खुशी झलकी बाबा बोले हमारे गुरुदेव आत्मा को देख सकते हैं उनसे बात कर सकते हैं चलो हमारे पीछे आओ। जाते-जाते लगभग दो-तीन घंटा बीत गया सब वहाँ पहुंचे, बाबा और महागुरु आपस में बात किए महागुरु बोले वह सब तो ठीक है पर इसमे मैं कुछ नहीं कर सकता वह लड़की अगर चाहेगी तो ही कुछ हो सकता है वरना कुछ नहीं हो सकता। गांव वाले बोले महागुरु हमारी मदद

कीजिए, महागुरु बोले ठीक है मैं उनसे बात करने की कोशिश करता हूँ, महागुरु आसन पर बैठे और अंतर्ध्यान हो गए 2 घंटे बीत चुके हैं और बाबा अभी भी वही मुद्रा में बैठे हुए हैं सबके मन में चिंता है पता नहीं क्या होगा कुछ देर बाद बाबा आँख खोलें, अपना कमंडल से पानी हाथ मे लिए और आसमान में छिड़के, सुरभी का चेहरा सामने आसमाँन में दिखने लगा, सुरभी के माता-पिता भी आए थे। सुरभी को देखकर सभी के आंख नम हो गए, महागुरु बोले मैंने इनसे बात किया अब आप लोग भी बात कर लीजिए, गांव के एक बुजुर्ग सामने आए और हाथ जोड़कर बोले, बेटी हम जानते हैं कि हमने तुम्हारे ऊपर अत्याचार किया है तुम्हारा साथ नहीं दिया तुम्हारी रक्षा नहीं कर पाए पर बेटी उसकी ऐसी सजा मत दो, हम सब को माफ करो अपना श्राप वापस ले लो बेटी, सुरभी कहती है क्यों चाचा आपको तो खुशी होना चाहिए उस दिन आप ही बोल रहे थे न कि बेटी बोझ होती है अब दहेज नहीं देना पड़ेगा तो अब दहेज नही देना पड़ता होगा क्यों वह बुजुर्ग जमीन पर बैठ कर फूट-फूट कर रोने लगा, दूसरा व्यक्ति आया बहन हमें माफ कर दो चाहे तो तुम हमारी जान ले लो पर अपना श्राप वापस ले लो हमें समझ आ गया कि बिना बेटी का घर कैसा होता है, हम पापी हैं, सुरभी कहती है अगर ऐसा है तो पूरे गांव वाले को मार देना चाहिए क्योंकि यह लोग भी पाप के भागी है इन्होंने भी तो पाप का साथ दिया है और मुझे मेरा इज्जत लूटने के लिए मेरे हाल पर छोड़ दिया, सभी गर्दन झुकाए सुन रहे थे, फिर वह जोर से बोली सुनो जो तुम लोगों ने गलती किया है उसका यही सजा है भूगतो, मैं जा रही हूँ, गांव के सभी लोग हाथ जोड़कर आगे आते हैं और कहते हैं हमपे रहम करो, हम पर रहम करो, हम पर रहम करो, सुरभी कहती है हाँ रहम करो, उस दिन अगर आप लोग एक साथ इतना आगे बढ़ते तो शायद मुझ पर रहम होता पर तुम लोग क्या कर रहे थे खड़े-खड़े तमाशा देख रहे थे उस वक्त तो मजा आ रहा था न तो अभी क्या हुआ। बहुत देर तक ऐसा ही होता रहा वह नहीं मानती है फिर गांव वाले सुरभी के माता-पिता से विनती करते हैं और कहते हैं वह आपकी बेटी है आपकी बात जरूर मानेगी हमारे लिए नहीं इस गांव के लिए सुरभी से कहिए न कि वह अपना श्राप वापस ले ले। माता-पिता आगे बढ़ते हैं, सुरभी उन्हें देखती है और कहती है माँ पापा

आपलोग यहाँ, आपलोग यहाँ क्या कर रहे हैं, वे बोले हम तो अपनी बेटी से मिलने आए थे, तुम कैसी हो बेटी, सुरभी कहती है महागुरु कुछ देर के लिए मुझे किसी का शरीर चाहिए, सभी घबरा जाते हैं पर महागुरु समझ गए की सुरभी अपने माता-पिता के गले लगना चाहती है और उनके लिए शरीर होना चाहिए, महागुरु कहते हैं बेटी तुम मेरे शरीर में आ सकती हो तब तक मेरा आत्मा शरीर से बाहर रहेगा फिर महागुरु अंतर्ध्यान हो जाते हैं उनका आत्मा निकल जाता है और सुरभी उनके शरीर में समा जाती है। वह अपने माता-पिता के पास जाकर गले लग जाती है वह लोग बहुत ज्यादा बुड्ढे हो चुके हैं, सुरभी कहती है माँ-पापा अभी तक मेरी आत्मा को शांति नहीं मिली है मैं यहाँ-वहाँ भटकते रहती हूँ, आपसे भी मिलती हूँ पर बात नहीं कर पाती हूँ, मैं आप लोगों की आंसू पूछना चाहती हूँ पर छू नहीं पाती हूँ, माँ-पापा मैं आप सब को बहुत मिस करती हूँ बहुत याद करती हूँ, उसके पापा कहते हैं बेटी हम भी तेरे बिन वैसे ही है जैसे बिन पत्ते का पेड़ और बेटी तुम्हारा वह शेरू भी मर गया सुरभी बोली हाँ पापा मैंने सब देखा, अब सुरभी इधर-उधर होने लगी, कहती है माँ मैं ज्यादा देर अब इस शरीर में नहीं रह सकती मुझे इस शरीर को छोड़ना होगा इससे निकलना होगा वरना इस शरीर को क्षति पहुंचेगी, वह वही आसन पर बैठ जाती है और आत्मा बाहर निकल गया महागुरु वापस अपने शरीर में समा गए सुरभी का आत्मा बाहर वैसे ही दिखने लगा जैसे पहले दिख रहा था, सुरभी के माता-पिता हाथ जोड़ते हैं और कहते हैं बेटी एक प्रार्थना है सुनोगी, वह कहती है कहिए न, माँ कहती है पहले वादा करो कि मेरी बात मानोगी मैं जो कहूंगी करोगी, सुरभी भावनाओं में बह जाती है और कहती है माँ इतना क्यों कह रही हो कभी ऐसा हुआ है कि तूने कुछ कहा और मैंने टाल दिया हो माँ तुम खुल कर कहो ना, आज मुझे तुम दोनों का स्पर्श हुआ तुम्हें पता भी है मैं कितना खुश हूँ, माँ मैं वचन देती हूं, तुम जो कहोगी मैं करूंगी वह कहती है तो बेटी,

"फिर से इस बंजर इलाके में हरियाली ला दो ना, आसमा सुना है अपने तारों के बिना उसे तारा दे दो ना, पेड़ डाली बिन अधूरे से हैं, नदी जल बिन सूखे से हैं, बेटी फिर से इस बंजर इलाके में हरियाली ला दो ना, बेटी अपना श्राप वापस ले लो ना"

सुरभी चुप हो गई उसकी माँ कहती है क्या हुआ बेटी सुरभी कहती है माँ यह तुम्हारे सिवा अगर कोई और कहता तो मैं ऐसा कभी ना करती पर माँ मैं सिर्फ तेरी बात रखने के लिए अपना श्राप वापस लेती हूँ और आज के 7 महीने बाद मैं वापस जन्म लूंगी। लेकिन याद रहे उसके बाद भी गांव वालों को एक परीक्षा से गुजरना होगा अगर वह उस परीक्षा से गुजरे और सफल हुए तो ठीक है वरना गांव वालों के लिए बेटी नाम फिर से हमेसा हमेसा के लिए सपना बन के रह जाएगा, माँ कहती है कैसी परीक्षा बेटी, गांव वाले कहते हैं हम सभी परीक्षा देने के लिए तैयार हैं, अब सब खुश हैं सबके चेहरे पे नया सूरज निकला है। सुरभी कहती है माँ मैं अब जा रही हूँ और एक बात, मेरा शरीर जहां दफन की थी ना वहाँ से मेरी हड्डियों को निकालकर गंगा में विसर्जित कर देना, माँ बोली ठीक है बेटी फिर वह गायब हो गई। अब देखो सब खुश हैं सभी सुरभी के माता-पिता को शुक्रिया कहते हैं और फिर महागुरु के पास जाते हैं और कहते हैं महागुरु आपने जो किया उसका एहसान हम कैसे चुकाए समझ नहीं आ रहा कहिए महागुरु आप जो कहेंगे हम करेंगे। महागुरु कहते हैं अगर मेरा हर कहा मानोगे तो सुनो नारी का सम्मान करना तुम्हारा कर्तव्य भी और धर्म भी है, तुम्हारी बेटी हो या किसी और की बेटी हो तुम्हारी पत्नी हो या किसी की पत्नी हो तुम्हारी बहन हो या किसी की बहन हो उसके ऊपर कहीं अत्याचार हो रहा हो तो उसका विरोध करना और उसकी इज्जत की रक्षा करना, "नारी का समान करो, नारी ही सृष्टि है सृष्टि की रक्षा करो" गांव के सभी एक सुर में बोलते हैं बाबा हम प्रतिज्ञा करते हैं कि हमारे आंखों के सामने किसी नारी का अपमान नहीं होगा। सभी वहाँ से खुशी खुशी घर आ गए।

<h2 style="text-align:center">7 महीना बाद</h2>

7 महीने बाद गांव में एक लड़की का जन्म हुआ जब यह बात गांव वाले को पता चला तो गांव के सभी लोग उस लड़की को देखने के लिए लाइन में लग गए, पूरा भीड़ लग गया। लाइन में सभी लोग खड़े है एक एक कर के जा रहे हैं, आज आप इनकी खुशी का अंदाजा नही लगा सकते कि ए कितना खुश हैं आज 56 साल बाद इस गांव में किसी लड़की का जन्म हुआ है सब देखने के लिए उतावले हो रहे हैं सभी उसे बारी-बारी

देख रहे हैं कोई उसका पैर अपने सिर से छुआ रहा है तो कोई माथे को चुम रहा है, मतलब आज पूरा त्यौहार सा हो गया है गांव के सभी लोग आज मिलकर एक ही जगह खाना बनाते और खाते हैं। आज ऐसा लग रहा है जैसे वर्षों बाद बादल बरशी है, सालों से सूखी भूमि को पानी नसीब हुआ है। 3 महीना बित गया गांव के कुछ लोग यूंही जंगल में पेड़ के नीचे गप्पे लड़ा रहे थे अचानक से किसी लड़की का आवाज आया बचाओ यह चारों जंगल में अंदर की तरफ भागे आवाज पर गौर कर रहे थे और उसकी तरफ भाग रहे थे, उन्होंने देखा तो दो लड़कियां भाग रही थी उनके पीछे कुछ लड़के भाग रहे थे। यह चारों पहले एक पेड़ से मस्त मोटा कचरा (डंडा) तोड़े और सामने जाकर खड़े हो गए बोले बहन तुम लोग पीछे आ जाओ और बताओ यह कौन है क्या तुम इन्हें जानती हो यह बोली नही भैया यह लोग, ये बोले बस-बस अब तुम्हारा भाई सब समझ गया, तुम्हें डरने की जरूरत नही इन्हें हम देख लेंगे, वे 11 थे और यह चार, वे बोलते हैं सुन चल हट जा बीच में टांग मत अड़ा वरना बहुत बुरा होगा, गांव वाला एक लड़का बोला क्या बुरा होगा बे, उन बदमाशों में से एक ने बोला क्या बे इन की इज्जत बचाने की सोच रहे हो क्या या खुद लूटोगे यह चारो गुस्सा से लाल हो गए और लगे मारने इतना मारा कि वे बीच मे कुछ बोल भी नही पाए, अब तो वह उठने के लायक भी नहीं थे, यह चारों कहते हैं यह दोनों हमारी बहने हैं और सुन ,"जहां कही भी किसी लड़की पर किसी नारी पर अत्याचार होगा, उससे पहले वहाँ उसके पिता चाचा या भाई मिलेगा" समझा रिश्ता सिर्फ खून का नहीं होता इंसानियत का भी होता है। और सुन ले या हमारी गांव के नहीं है फिर भी हमारी बहन है तो समझ ले कितना गहरा रिश्ता है और आज के बाद अगर कभी किसी स्त्री पर कोई बुरी नजर डालेगा ना तो आंख निकाल लूंगा और सुन आंखें बाद में निकलूंगा उससे पहले एक बार मौका देता हूं सुधर जा "तेरी भी बहन होगी, तेरी भी माँ होगी या फिर एक समय आएगा जब तू भी किसी लड़की का पिता होगा" तो तुझे भी अपने बेटी की चिंता होगी क्योंकि तेरे जैसे बहुत सारे हैवान हैं इस जहान में, इसलिए अपनी हैवानियत अपने जहन से निकाल और एक अच्छा इंसान बन, सोच अगर आज हर कोई हमारी तरह सोचेगा तो क्या कभी कोई लड़की ख़ुदको असुरक्षित महसूस

करेगी, मैं यह नही कह रहा कि मेरी बहने कमजोर है बल्कि यह कह रहा हूँ की मेरी बहने भूल गए है कि उनके अंदर कितना ताकत है, इनके अंदर इतना शक्ति है कि यह दूसरों को मदद कर सकती है पर अभी यह अपनी शक्ति से अनजान हैं, जिस तरह हनुमानजी को उनकी शक्ति याद दिलाना पड़ा था न उसी तरह मेरी बहनों को भी उनकी शक्ति याद दिलाना है। और जब तक इन्हें अपने शक्ति का अनुभव नही होता है तब तक हमे ही इनकी रक्षा करना है। वह ग्यारहों कराहते हुए खड़े होते हैं और कहते हैं भाई हमसे गलती हो गई माफ कर दो। ये बोले माफी हमसे नहीं मेरी इन बहनों से माँगो। वे कहते हैं आज से यह सिर्फ आपकी ही नहीं हमारी भी बहन हैं, बहन हमें माफ कर दो। ये बोले यह हुई ना बात। अब इतना ही कहना चाहता हूं कि आप सब भी अपना नजरिया बदलिए और सिर्फ सोचना नही करना भी है अगर आपको देखकर 10 का भी नजरिया बदलता है तो सोचिए क्या होगा 10 से 100, 100 से 1000, फिर आपको अपने बहन बेटियों के बारे में सोचना नही पड़ेगा क्योंकि बच्चे वही सीखते हैं जो देखते हैं, और वे देखते वही हैं जो हम करते हैं।

4

द लास्ट मोमेंट

जो जन्म लिया वह मरेगा भी, "कुछ लोग ऐसे मर जाते हैं कि किसी को कानों कान खबर भी नही लगती, कुछ लोग मरते हैं तो एका दो गांव और कुछ रिश्तेदार जान पाते हैं पर वही कुछ लोग ऐसे भी होते है जिनके मरने पे पूरी दुनियां सोक मनाती है।" कुछ लोग कहते हैं खाओ पीओ वही अपना है एक दिन तो सबको हीं मरना है, लेकिन वह काम तो जानवर भी करते हैं फिर हमारा इंसान होने का मतलब क्या रह गया, इंसान हैं मतलब खाना पीना सोना बच्चों को जन्म देने के अलावे भी कुछ जिंदगी है, अगर इतना पर ही मर जाते हो तो तुममें और एक जानवर में क्या अंतर रह गया। ऐसा ही एक लड़का जिसे पता है कि वह मरने वाला है फिर भी वह कुछ ऐसा कर जाता है कि मरते मरते लाखो के आंखों में आंसू दे जाता है, आखरी क्षण में उसे मरते वक्त पूरा दुनियां देखता है और शोक मनाता है। चलिए अब कहानी की शुरुआत करते हैं

द लास्ट मोमेंट

" जीता है इंसान बनकर, कोई जानवर की तरह मर जाता है, वहीं दूसरी तरफ होते हैं कुछ लोग ऐसे जिनके आगे पुरी दुनियां शिश झुकाती है।"

कहानी के मुख्य पात्र

राहुल, अमन, शालनी, शनेहा, रेशमा और सोना,

राहुल का प्रिय मित्र अमन, शनेहा, रेशमा, शालनी यह पाँचों अच्छे दोस्त हैं पर इनकी दोस्ती थोड़ी अलग है, इनकी हरकते भी थोड़ी अलग है जिस तरह यह झगड़ते है जैसे मस्ती करते हैं कोई नही कहेगा कि यह UPSC अभ्यर्थी है लेकिन इनमें एक खास बात है जब यह पढ़ते हैं तो सिर्फ पढ़ते हैं उस वक्त कुछ और नही करते। यह दिल्ली में पिछले 3 साल से रहते आ रहे हैं, लेकिन डॉक्टर सोना वह अलग है।

द लास्ट मोमेंट

❧

शाम का समय था राहुल अभी ग्राउंड से अपने रूम जा रहा था तभी रास्ते में शनेहा मिल गई और बोली ए राहुल तुम्हारा दोस्त ख़ुदको समझता क्या है, राहुल धीमी आवाज में बोला तुम अमन की बात कर रही हो, शनेहा बोली जी हाँ मैं उसी की बात कर रही हूँ, राहुल बोला क्या किया उसने, शनेहा और ज्यादा गुस्सा हो गई और बोली मैं मजाक नहीं कर रही, राहुल बोला मैं सिरियस होकर सुन रहा हूँ बोलो, शनेहा बोली तुम रेशमा को जानते हो न, राहुल बोला वही न अमन की दिवानी, शनेहा बोली यह रेशमा की बदकिस्मती है जो उसे प्यार करने के लिए अमन जैसा नासमझ गधा मिला, तुम्हें पता है आज क्या हुवा, राहुल बोला तुम बताओगी तब तो पता होगा, शनेहा बोली आज रेशमा ने अमन को परपोज किया तो वह वहाँ से नजर मोड़ के चल दिया, रेशमा उसका हाथ पकड़ ली फिर पता है वह क्या बोला, कहता है और कुछ काम नहीं है क्या, पता नही किस जाहिल ने प्यार नाम का वायरस बनाया था जिसे देखो प्यार प्यार करके एक दूसरे के पीछे भागते रहते हैं, हम पहले से

दोस्त हैं न फिर यह प्यार नाम का नया टाइटल चिपकाना कौन जरूरी है, चलो जाओ। और रेशमा रूम में आकर रो रही है, अब तुम ही बताओ ऐसे कोई करता है क्या, राहुल आराम से बोला अमन ने और कुछ बोला क्या, शनेहा वापस भड़क गई, क्या मतलब की और कुछ बोला यह कोई मजाक है क्या, राहुल बोला हो भी सकता है तुम दोनों मिल कर कोई पलान बना रही हो, शनेहा बोली कैसा पलान राहुल बोला अरे तुम दोनों का पता है कब क्या कर दोगी और फिर यह मत भूलो की अभी हमारा इंटरव्यू (Interview) का वक्त बहुत नजदीक आ गया है, तो हमें उसपे फ़ोकस करना चाहिए यह प्यार वॉर पे नहीं समझी, शनेहा बोली हाँ मुझे पता है इंटरव्यू नजदीक है पर रेशमा मजाक नही कर रही थी और अगर तुम दोनों को धमंड होगा कि सिर्फ तुम और अमन ही इस परीक्षा में सफल होंगे तो यह मत भूलो की रेशमा हम पांचों में सबसे अवल है, हम मेसे कोई IAS बने या ना बने रेशमा जरूर बनेगी। राहुल बोला यह तो अच्छी बात है रेशमा हमारी अच्छी दोस्त है अगर वह IAS के लिए चुनी जाती है तो यह हम सब के लिए गर्व की बात होगी, यह घमंड उच्च नीच का तो बात ही नही है मुझे तो यह समझ नही आया कि तुम यह सोच भी कैसे ली कि हमें किसी बात का घमंड है, अरे हम पाँचों 3 साल से एक दूसरे को जानते हैं, फिर भी अगर रेशमा को बुरा लगा हो तो मैं अमन के बदले रेशमा से माफी माँग लूंगा अब ठीक है। शनेहा बोली मुझे आज तक एक बात समझ नही आया कुछ भी हो अमन के बदले तुम क्यों माफी माँगते हो, राहुल बोला दोस्ती की है निभानी तो पड़ेगी न, शनेहा बोली अच्छा ठीक है पर मुझे एक बात बताओ तुम तो अमन के बारे में सब जानते हो है न, राहुल बोला सब तो नही पर बहुत कुछ जानता हूँ पूछो, शनेहा बोली अमन ने रेशमा को इसलिए ठुकराया न क्योंकि वह शालनी से प्यार करता है, राहुल बोला किसने कहा कि वह शालनी से प्यार करता है वह सिर्फ दोस्त है और कुछ नही, शनेहा बोली देखो राहुल तुम झूठ मत बोलो मुझे पता है अमन सिर्फ एक ही लड़की को सबसे ज्यादा चाहता है और वह है शालनी, राहुल बोला वैसा कुछ नही है हम पांचों अच्छे दोस्त हैं और दोस्त हमेसा रहेंगे, शनेहा बोली बात को काटो मत जो पुछ रही हूँ बस उसका जवाब दो, राहुल बोला तुम्हें पता नहीं पर अमन को पता है

कि शालनी यह इश्क़ करते हो प्यार करते हो ऐसी बात कभी नही करेगी इसलिए वह शालनी के ज्यादा नजदीक रहता है, और जहाँ तक रही प्यार की बात तो अगर शालनी भी बोली होती तो अमन वही बात शालनी को भी बोलता जो रेशमा को बोला, वह चाहे शालनी हो रेशमा हो या कोई भी हो अमन किसी से प्यार नही करेगा, शनेहा बोली पर वह खुद कहता है कि मैं शालनी से प्यार करता हूँ, राहुल बोला वह ऐसा इसलिए बोलता है ताकि इस प्यार मोहब्बत वाले जमाने में कोई उसे इश्क़ मोहब्बत वाला प्रस्ताव ना दे कि मैं तुमसे प्यार करती हूँ तुम भी मुझसे करते हो न, और अमन को कहना पड़े सॉरी मैं तुमसे प्यार नही करता फिर वह बेचारी रोने लगे। शनेहा बोली पर अमन ऐसा क्यों नही चाहता कि कोई उसे प्यार करे, राहुल कहता है क्योंकि वह नही चाहत की उसके जाने के बाद कोई उसे याद कर कर के जीवन भर रोती रहे, शनेहा बोली क्या मतलब जाने के बाद रोती रहे, राहुल बोला अच्छा तुम ही बताओ आज प्यार होगा कल ब्रेकप तो रोना ही है न, वह बोली रेशमा वैसा वाला प्यार नही चाहती वह तो पूरा जीवन उसके साथ बिताना चाहती है, राहुल बोला यही तो दिक्कत वाली बात है, वह बोली इसमे क्या दिक्कत हो गया यह तो अच्छी बात है, वह बोला यह वाकई अच्छी बात है पर जिसे अपने ही जीवन का पता नही जो यही नही जानता कि कब वह आखरी सांस ले लेगा वह भला किसी और के साथ जीवन के बारे में कैसे सोच सकता है। शनेहा बोली देखो राहुल तुम मुझे कहानी मत सुनाओ समझे मैं सब जानती हूँ। राहुल बोला मैं मजाक नही कर रहा यह सच है और यह बात सिर्फ मैं, सोना, और अमन जानते हैं उसके घरवालों को भी यह बात पता नहीं, वह तो बेचारा कुछ दिन का मेहमान है और भगवान ने चाहा तो वह मुश्किल से ट्रेनिंग पूरी कर पाएगा, वह तो एक ऐसा घड़ी का सुई है जिसका बैटरी कब खत्म हो जाए और वह सुई कब रुक जाएगा कोई नही जानता। शनेहा बोली अगर उसे पता है कि वह मरने वाला है तो वह IAS क्यो कर रहा है वह कहनी कविता ए सब क्यों लिखता है उसे पता है कि वह मरने वाला है तो वह मौज मस्ती करता घर पे रहता ए सब करने की क्या जरूरत थी, राहुल बोला क्योंकि IAS अमन का सपना है, और दूसरी बात अगर तैयारी छोड़ेगा तो उसके घर वालों को सब पता चल जाएगा

और वे बहुत दुःखी होंगे पहले से ही परेशान रहेंगे, उसे पता है अब इसका कोई इलाज नही तो बताने से दुःख के सिवा और कुछ नही मिलनेवाला और वह लिखता इसलिए है क्योंकि लिखने से मन हल्का होता है। शनेहा बोली फिर भी मुझे विस्वास नही हो रहा, राहुल बोला तो फिर अमन के मरने तक इंतजार करो ज्यादा से ज्यादा वह 2 साल जीवित रहेगा। राहुल और शनेहा बात करते करते राहुल के लॉज के पास पहुँच गए थे, अभी शनेहा के पास अमन का कॉल आया शनेहा बोली राहुल अमन का कॉल आ रहा है, वह बोला तो उठाओ मैं चलता हूँ, वह बोली 2 मिनट रुको पहले मैं बात कर लेती हूँ फिर चले जाना, वह कॉल उठाई और बोली हाँ, अमन बोला रेशमा कैसी है, वह बोली रुला कर पुछते हो कैसी है, अमन बोला तुम हीं बताओ मैं उसे और कह भी क्या सकता था तुम्हे तो पता है न की मैं शालनी से प्यार करता हूँ, तो मैं शालनी को धोखा कैसे दे सकता हूँ, वह बोली तो यह बात तुम्हें रेशमा से कहना चाहिए मुझसे क्यो कह रहे हो, वह बोला मुझे हिम्मत नही हो रहा उसके पास कॉल करने की अगर वह कहे तो कल मैं उससे माफी माँगने आ जाऊंगा, पर अभी तुम बोल दो ना, अभी बात पूरा भी नही हुई थी कि कुछ गिरने की आवाज आई शनेहा दो तीन बार हेलो हैलो बोली पर कोई उत्तर नही मिला, यह कॉल कट कर के वापिस कॉल की अमन कॉल नही उठाया, राहुल और रेशमा दौड़ के रूम में गए, देखा तो अमन बेहोश पड़ा था उसे उठाकर तुरंत हॉस्पिटल ले जाया गया, कुछ देर बाद होश आया डक्टर बोला इन्हें थोड़ा कम तनाव लेने के लिए बोलिए और आराम ज्यादा करे, अमन को रूम ले कर आ गए, शनेहा भी अपने रूम चली गई। रेशमा बोली कहां थी जो अभी आ रही हो, शनेहा सारी बात बताई पर रेशमा को जैसे कोई फर्क ही नही पड़ा। शनेहा बोली पता है रेशमा आज राहुल अमन के बारे में अजीब बाते बता रहा था कि उसका जीवन का पता नहीं ऐसा कुछ, रेशमा बोली तो मैं क्या करूँ मरता है तो मरने दे, शनेहा बोली रेशमा मैं अमन की बात कर रही हूँ, वह बोली तो अमन है तो मैं क्या करूँ उसकी आरती उतारू और एक बात इंटरव्यू नजदीक आ गया है उनकी बात करने से अच्छा थोड़ा पढ़ाई के बारे में बात कर लेते हैं हो सकता है वही सवाल पुछ ले, अभी रेशमा के पास शालनी का कॉल आया हैलो रेशमा क्या कर रही हो यह बोली कुछ

नही बस सोने जा रही थी तुम बताओ वह बोली मैं भी सोने ही जा रही थी तो सोची तुम दोनों से थोड़ी बात हो जाए, अच्छा इंटरव्यू के तैयारी कैसी चल रही है, वह बोली कुछ खास नही बस थोड़ा बहुत और तुम्हारा, शालनी बोली मैं भी अभी करेंट अफेयर देख रही थी, वह बोली ओ अच्छा है शालनी बोली अच्छा अमन को क्या हुआ था, रेशमा बोली पता नही शनेहा कह रही की कही गिर गया था और बेहोस हो गया था, ऐसे ही थोड़ी देर बात होती है और फिर फ़ोन कट। कुछ दिन बीत गए इंटरव्यू भी खत्म हो गया और यह पांचों कही घूमने जाने वाले हैं। चलिए देखते हैं कहां जाने वाले हैं।

राहुल, अमन, शनेहा और रेशमा चारो ने कही जाने का पलान बनाया है, अमन बोला शालनी को भी कॉल कर लूं क्या अगर वह भी साथ में चलती तो ज्यादा अच्छा होता क्यो, रेशमा बोली हाँ क्यों नहीं एक वही तो है हम कुछ थोड़ी है जब देखो शालनी शालनी, अमन बोला अरे ऐसा क्यों बोल रही हो अगर उनसे कहे बिन चले गए तो वह क्या सोचेगी और हमें भी अच्छा नही लगेगा, वह बोली ऐसे भी तुमहे उसके बिन सुकून कहां मिलता है। वह बोला अगर सब साथ चलते हैं तो दिक्कत क्या है, और अगर तुम्हें उससे दिक्कत है तो बोलो, रेशमा बोली मुझे दिक्कत उससे नही तुमसे है और वैसे भी तुम मेरी सुनते कब हो जो मन करे सो करो, शनेहा बोली अरे रेशमा क्या तुम भी तुमहें उससे क्या दिक्कत है, रेशमा बोली दिक्कत कुछ नही है पर यह हर बात पे उसी का नाम लेता है तो मुझे अजीब लगता है, शनेहा बोली देखो यह बचकानी हरकत बंद करो और बड़ी हो जाओ अरे तुम एक UPSC की क्षात्रा हो अगर तुम्हारा IAS में सेलेक्शन हो जाएगा तो कैसे करेगी यह बचकानी हरकत से जिला चलाएगा, रेशमा बोली गलती हो गई माफ कर दो, राहुल बोला अरे माफी नहीं माँगते वह दोस्त हीं कैसा जो बेवजह गाल पे दो तमाचा न लगा दे, चार बात न सुना दे, दोस्ती में ऐसे झगड़े ही तो दोस्ती की शोभा बढ़ती है। चलो अब शालनी को कॉल करो, अमन ने शालनी को कॉल किया, हैलो शालनी क्या कर रही हो, वह बोली तुम्हारा ही राह देख रही हूँ क्यो आ रहे हो क्या, रेशमा मन ही मन बोली बहुत बढीय शालनी, अमन बोला क्या यार कभी तो प्यार से बात कर लिया करो, क्या पता इस तीन दिन

की जिंदगी में आज हीं तीसरा दिन हो जाए और कल बात करने के लिए मैं ही ना रहूं, शालनी बोली बस बस यह शायरों वाले जुमले कहीं और गाईएगा अभी मुद्दा पे आइए, अमन बोला कल हमलोग चिड़ियाघर जा रहे हैं तुम्हें भी चलने को बोल रहे थे, वह बोली तुम लोग जाओ मैं नही जाऊंगी मेरे पास समय नही है, अमन बोला प्लीज़ यार चलो न देखो तुम नही जाओगी तो मैं भी नही जाऊंगा, शालनी बोली ठीक है मत जाओ, वह बोला यार मजाक मत न कर चल न, वह बोली मुझे पढ़ना है यार मैं नही जा सकती जिद्द क्यों करते हो, शनेहा बोली शालनी बात यह है कि कल अमन का एक और पुस्तक प्रकाशित होने वाला है तो उसी खुशी में वह हमें पार्टी दे रहा है, शालनी बोली उसे बोलो जब उसका किताब अच्छा से बेचाने लगे तो पार्टी देना, वरना ऐसे ही पैसा बर्बाद करने से कोई फायदा नही होने वाला ऐसे पैसा भी बर्बाद हो रहा है और लिखा भी व्यर्थ जा रहा है, ख़ुदको लेखक कहता और महीने में दश हजार का भी किताब नही बिकता ऐसे में क्या फायदा लिखने का उससे कहो लिखने से अच्छा यूट्यूब पर नवटंकी का वीडियो बनाओ ज्यादा फायदा होगा, अमन उदास हो कर फोन कट कर दिया और एक तरफ जा कर बैठ गया, थोड़ी देर बाद शालनी का वापिस कॉल आया वह कट कर दिया, रेशमा शनेहा राहुल अमन के पास गए, वापिस शालनी का कॉल आया रेशमा अमन के हाथ से मोबाईल ली और गुस्से में बोली देख शालनी तुम्हें नही जाना है मत जा लेकिन किसी का इस तरह मजाक मत उड़ा समझी, शालनी बोली अरे यार तुमलोग भी ना तिल का ताड़ बना देती हो मैं तो बस मजाक कर रहीं थी, रेशमा बोली कोई ऐसा मजाक करता है क्या देखो अमन उदास हो गया, वह बोली अच्छा तुम अमन को फ़ोन दो, वह उसे फोन दी, शालनी बोली अमन तुम भी नाराज होते हो क्या मैं तो सोची तुम बुरा नहीं मानते तो बस मजाक कर रही थी। थोड़ी देर बात हुई और जाने की बात पकी हो गई, अगले दिन हम पांचों चिड़ियाघर पहुँच गए, थोड़ी देर घूमे उसके बाद एक जगह आराम से बैठ गए, शालनी बोली यार भूख लग गई है चलो न कुछ खाते हैं, रेशमा बोली हाँ यार मुझे भी थोड़ा भूख लगी है, पांचों वही पास के होटल में जा कर बैठ गए खाना आर्डर किया और खाना खाने लगे, वे अभी खा कर निकल ही रहे थे कि

पीछे से किसी ने आवाज लगाया रेशमा मेम, जब पलट कर देखा तो तीन लड़कियां थी, वो तीनो पास आई और बोली रेशमा मेम आप यहाँ रेशमा बोली हां घूमने आई थी पर आपलोग कौन हैं मैं कभी आप तीनों को पहले नही देखी आपलोग मुझे कैसे जानती हैं, वे बोली हमलोग आपके पोएट्री कविता के बहुत बड़े फैन हैं आपका हर किताब हम पढ़ते हैं और पहला पन्ना पे तो आपका तस्वीर रहता हीं है तो पहचान लिए, रेशमा बोली ओ इसलिए मैं सोच में पड़ गई कि पहले तो कभी नही देखा, वे बोली पता है मेम हमें आपका पुस्तक का हमेसा इंतजार रहता है अच्छा आपका अगला पुस्तक इसी महीने आने वाला था न वह कब आएगा, रेशमा बोली वह भी जल्दी ही आ जाएगी अच्छा आपलोगो को मेरी कविता अच्छी तो लगती है न, एक लड़की बोली अच्छी अरे मैं तो आपका पुस्तक हमेसा अपने बैग में रखती हूँ और आपको पता है कॉलेज में मैं अपने सहेलियों को भी सुनाती हूँ उन्हें भी बहुत अच्छा लगता है, रेशमा बोली आपलोगो का प्यार देख कर तो मन कर रहा है पूरा जीवन मैं कविता कहानी के बीच गुजार दूँ। आप सबका बहुत बहुत बहुत सुक्रिया, वे बोली मैंम क्या हम आपके साथ एक फोटो ले सकते हैं वह बोली क्यों नही, वह जैसे ही अपना फ़ोन निकाली किसी का फ़ोन आ गया, वह बोली एक मिनट अभी आई रेशमा बोली कोई बात नही, इधर राहुल अमन शनेहा शालनी, रेशमा को एक टक देख रहे हैं रेशमा बोली क्या हुआ तुम सब मुझे इतनी हैरानी से क्यो देख रहे हो, राहुल बोला तुम लेखक हो? शालनी बोली तुम तो बड़ी छुपा रूस्तम निकली यार, रेशमा बाली अरे ऐसा कुछ नही है बस मन करता है तो लिख लेती हूँ, राहुल बोला शनेहा कभी तुमने भी नही बताया की रेशमा किताब लिखती हैं, वह बोली अरे मैं कहाँ से बताऊंगी जब मुझे ही पता नहीं, यह बात सुन कर सब हैरान हो गए, अमन बोला क्या तुम इतने साल से इसके साथ रह रही हो और तुम भी नही जानती, शनेहा बोली हाँ यार मुझे तो कभी ऐसा लगा ही नही की यह लिखती भी होगी, अमन बोला क्या यार रेशमा तुम तो मुझसे प्यार करती हो ना तो कमसे कम मुझे बता देती, रेशमा बोली प्यार और तुमसे यह किसने कहा अमन बोला तुम्हीं तो उस दिन बोल रही थी, रेशमा बोली वह बस एक मजाक था मेरा दिमाग खराब है क्या जो मैं IAS छोड़ कर तुम्हारे पीछे अपना

वक्त बर्बाद करूंगी, अमन बोला सचमे मजाक था रेशमा बोली और नही तो क्या, अमन हँसने लगा और बोला चलो सुकर है भगवान का मुझे तो लगा था मैंने उसका दिल तोड़ दिया इंटरव्यू भी नजदीक है वह कैसे सम्भालेगी ख़ुदको, रेशमा बोली अगर यह सच भी होता न तो भी मुझे कोई फर्क नही पड़ने वाला था मैं इतना भी कमजोर नही हूँ जो किसी की यादों में ख़ुदको बर्बाद करती समझे मिस्टर अमन, अमन बोला तुम्हें पता है अभी दिल को कितना सुकून मिला तुम्हारी बातों को सुन कर, शालनी बोली अच्छा अमन आज तुम्हारा क़िताब प्रकाशित होने वाला था न राहुल बोला होने वाला था नही बल्कि यह कहो कि प्रकाशित हो चुका है और वह पुस्तक मेरे बैग में है, अभी शालनी कुछ बोलती उससे पहले वे तीनों आ गई और फिर 3-4 फ़ोटो ली। अमन बोला रेशमा जी का पुस्तक आपलोग के पास है क्या मैं देखना चाहता हूँ वे बोली जी मैं इनका किताब हमेसा अपने साथ रखती हूँ यह लीजिए। अमन किताब देखने लगा उसमें एक कविता पढा।

"

एक बार लड़को की तरह जीना चाहती हूँ

घुटन होती है इन चार दीवारों के बीच, मैं इनसे बाहर निकलना चाहती हूँ, इस पिंजड़ की दीवारों से टकरा टकरा कर टूट रहे हैं मेरे अरमान, मैं इससे निकल के बाहर फलक को छूना चाहती है, मैं लड़की हूँ एक बार लड़को की तरह जीना चाहती हूँ,

पूरा जीवन ना सही मुझे एक दिन देदो, अगले सूरज लौट आऊंगी बस एक दिन अपने मन की करने दो, इन शोर शराबों से थोड़ा दूर कही एकांत बैठना चाहती हूँ, मैं लड़की हूँ एक बार लड़को की तरह जीना चाहती हूँ,

अपने मन से सोउं, जब मन करे तब खाना बना कर खाउं, सिर्फ एक दिन के लिए मैं भी आजाद होना चाहती हूँ, मैं लड़की हूँ एक दिन लड़कों की तरह जीना चाहती हूँ,

भैया सिर्फ एक दिन आप और अपने दोस्तों से कहो, आज किसी लड़की को ना छेड़ो, भैया मैं खुले आसमान के नीचे परिंदा बन गगन को छूना चाहती हूँ, भैया मैं लड़की हूँ एक दिन लड़को की तरह जीना चाहती हूँ।

लेखक रेशमा

अमन ने जैसे ही पोएट्री खत्म किया सबने जोरदार ताली बजाया, वाह रेशमा क्या लिखती है यार बहुत खूब, शालनी बोली अमन एक और वह बोला रूको एक नहीं दो पढता हूँ,

1. "पूरा दिन उनकी ख्यालों में खोए पूरी रात उनकी यादों में जगा था, वह दिन मेरे लिए बहुत खास है जिस दिन उनका मैसेज आया था"

1. "निगाहें देख रही है आपको, आपसे कुछ पूछना चाह रही है, किसी से कॉमिटेड हैं अगर नही तो फिर यह दिल आपका होना चाह रही है"

शनेहा बोली गजब यार सांदार राहुल बोला यह लाईन पका रेशमा ने अमन को सोंच कर लिखी होगी, रेशमा बोली ऐसा कुछ नहीं है, अमन ने रेशमा के किताब से थोड़ा औऱ कविता पढ़ा फिर वह किताब उन्हें दे दिया, रेशमा बोली आपलोगो को पता है हमारे बीच एक और खास इंसान मजूद हैं जिनसे मैं आपलोगो को परिचय करने वाली हूँ, वे बोली किनसे मैंम रेशमा बोली मैं तो सिर्फ कविता लिखती हूँ पर ओ , 'कहनी, कविता, शायरी और छोटी फ़िल्म" भी लिखते हैं अगर आप लोग एक बार उनका पुस्तक पढ़ लिए न तो मेरा पुस्तक पढ़ने का मन भी नही करेगा उनके सामने मेरा कविता का रंग फीका पड़ जाएगा, वे बोली नही मैंम आप आप है आज तक मैंने भी बहुत किताबें पढ़ी थी पर आपकी लेखनी अलग है जो की मुझे बहुत पसंद आती है, रेशमा बोली आपलोगो को पता है मैं खुद भी उनका पुस्तक पढती हूँ और तो और आज ही उनका एक और पुस्तक प्रकाशित हुआ है, वे बोली अच्छा कौन है वो रेशमा बोली जिन्होंने आपसे किताब मंगा था, जिन्होंने आपको अपने मधुर आवाज में मेरा लिखा सुनाया वही हैं, कविता कहानी कार, मिस्टर अमन कुमार, वे बोली क्या आप भी लिखते हैं, अमन बोला हाँ लिखता तो हूँ पर रेशमा जी जितना अच्छा नही, शनेहा बोली राहुल जरा इन्हें भी अमन का पुस्तक दिखाओ राहुल ने दिखाया फिर वे थोड़ा बहुत पढ़ी और बोली अरे वाह चलो इसे अभी आर्डर करती हूँ। थोड़ी देर ऐसे ही बात होती है। फिर सब

अब अपने अपने रूम आ गए। कमरे में आने के बाद शनेहा रेशमा से पूछी क्या वह सचमे मजाक था, रेशमा बोली कौन, वह बोली वही की तुम उससे प्रेम नही करती हो, रेशमा बोली नहीं, शनेहा बोली तो फिर तुमने ऐसा क्यो कहां, वह बोली तो और क्या कहती प्यार प्यार करती तो शायद वह मुझसे बात भी नही करता अब कमसे कम दोस्त बन के तो उससे बात करूंगी, साथ रहूंगी, शनेहा बोली मतलब तुम उससे सचमे प्यार करती हो, वह बोली तुम कहती हो प्यार करती हो अरे मैं तो उसके बगैर मुस्कुराने की कल्पना भी नही कर पाती, उसके बगैर जी तो सकती हूँ पर वैसा जीवन का कोई मतलब ही नही रह जाएगा, शनेहा कहती है नही यार मत कर उससे इतना प्यार खुदको उससे दूर रखने की कोशिश कर वरना तेरे जिंगदी में अंधेरा छा जाएगा, रेशमा बोली यह तुम क्या कह रही हो लोग कहते हैं अगर तुम किसी को शिद्दत से चाहो तो वह तुम्हें मिल ही जाएगा और तुम देखना रिजल्ट आते ही उसके दिमाग से यह पढ़ाई का नशा उतरेगा और मेरा यानी रेशमा के प्यार का नशा चढ़ेगा फिर ट्रेनिंग खत्म होगी और हमारी शादी हो जाएगी, शनेहा बोली इतने बड़े सपने मत देख, वह तेरा कभी नही होगा, रेशमा बोली क्या मतलब वह मेरा नही होगा, मतलब वह शालनी का होगा, शनेहा बोली नही वह किसी का नही होगा, रेशमा बोली किसी का नही होगा का क्या मतलब है, शनेहा बोली वह हमारे बीच कुछ दिन का मेहमान है कब उसकी सांस रुक जाएगी वह खुदभी नही जानता, रेशमा बोली सांस रुक जाएगी यह तुम क्या कह रही हो, शनेहा बोली हाँ मैं सही कह रही हूँ मुझे शालनी ने बताया उसके मस्तिष्क में कुछ बिमारी है जिसके वजह से डॉक्टर ने बोला अब इसका कोई इलाज नही जब तक है तब तक है, रेशमा बोली तुम झूठ बोल रही हो मैं नही मानती, फ़िरभी अगर यह सच है तो शालनी को कैसे पता वह दोनों तो झगड़ते रहते हैं, शनेहा बोली तुम्हें पता नही अमन शालनी और राहुल यह तीनों एक साथ एक ही कॉलेज में स्नातक की पढ़ाई पूरा किए हैं और शालनी अमन के रग रग से वाकिब है शालनी वह सब जानती है जो अमन के घर के लोग भी नही जानते और यह झगड़ा हमेसा से नही होता था बल्कि बहुत साल पहले से शुरू हुआ शालनी कहती है ऐसे छोटे मोटे झगड़े जिसमे प्यार हो, उसमें लोग एक दूसरे को कुछ भी कह सकते

हैं, मन की सारी भड़ास निकल जाने के बाद खुशी भी मिलती है और मन भी हल्का होता है, इसलिए वह उससे ऐसे बात करती है। रेशमा बोली सब ठीक है पर मैं यह कभी नही मानुंगी की अमन कुछ दिन का मेहमान है और फिर उसने तुम्हें कब और क्यों बताया, शनेहा बोली जिस दिन अमन बेहोश हुआ था न उसी दिन शालनी मुझे बताई। शनेहा रेशमा को सारी बात बताई रेशमा रोने लगी बोली नही ऐसा नही हो सकता वह मुझे छोड़ के नही जा सकता, शनेहा बोली देखो वह तुम्हारे प्रेम को अस्वीकार किया फिर भी तुम्हारे दिल मे इतना दर्द है फिर सोचो क्या होता अगर तुम दोनों महीनों प्रेम के बंधन में बंधे रहते और एक दिन वह तुम्हें अलविदा कह देता, रेशमा कहती है नही ऐसा मत कहो न, अभी रेशमा के फ़ोन पे अमन का कॉल आया वह फ़ोन उठाई पर कुछ बोल नही पाई फिर फ़ोन कट कर के रोने लगी वापिस कॉल आया शनेहा उठाई और बोली हाँ अमन बोलो, अमन बोला मेरा एक डायरी कहीं भूल गया लगता है चिड़ियाघर में छूट गया पिछे तो तुमलोग ही थी न तो देखी थी क्या शनेहा बोली नही मैं तो नही देखी, वह बोला अच्छा रेशमा कहां है वह बोली वह अभी बाथरूम गई है पर मैं और वह दोनों हाथ मिलाए चल रहे थे उसके पास भी नही है, अच्छा तुम शालनी से पुछे क्या अमन बोला हाँ पर उसके पास भी नहीं है, शनेहा बोली अच्छे से बैग में देखो शायद इधर-उधर हो गया हो, थोड़ी देर बाद कॉल कट हो गई, बाहुत मनाने के बाद रेशमा का भी रोना बंद हुवा। कुछ दिन बाद शालनी ने सबको इक्कठा बुलाया सभी आ गए, अमन बोला क्या हुआ शालनी, हमें एक साथ क्यो बुलाई सब ठीक तो है न, वह शादी का कार्ड दिखाई राहुल बोली शालनी तुम शादी कर रही हो, अमन बोली ऐसा मत करना यार तुम शादी कर लोगी तो मेरा क्या होगा, शनेहा बोली अरे अमन तुम क्यों टेंसन ले रहे हो शालनी तुमसे हीं तो शादी करेगी, शालनी बोली अरे यार पहले कार्ड पर नाम पढ़ो रेशमा कार्ड पढ़ी "किरण संग विनय" वह बोली मतलब तुम्हारा शादी नही हो रहा, वह बोली जी नही मेरी दीदी का शादी हो रहा है और आप सभी महानुभावों को शादी में आने का निमंत्रण देने आई हूँ समझे, अमन बोला जाना जरूरी है क्या वह बोली जान ले लुंगी अगर नही आए तो और आए नही मेरे साथ चलना है, रेशमा बोली हमलोग भी न या

सिर्फ अमन, शालनी बोली सभी को बोल रही हूँ, और 16, 17, 18 शादी है और आज हो गया 13 तारीख कल तुम सब मेरे साथ कपड़ा खरीदने चलोगे और परसो हमलोग यहाँ से साथ मे हीं चलेंगे इसमे कोई बहाना नही चलेगा और वैसे भी हमारा परीक्षा खत्म हो गया है इसलिए 1 हप्ते कोई पढ़ाई लिखाई नही, रेशमा बोली पर शालनी अगर पापा नही माने तो शालनी बोली रुको मैं तुम्हारे पापा से बात करती हूँ। शालनी उसके पापा से बात की और अनुमती ले ली। अगले दिन कपड़े की खरीदारी हुई और फिर शाम को ट्रैन पकड़ कर अगली सुबह पहुँच गए। वह घर में सबका परिचय करती है, इसकी माँ बोली ऐसा करो शनेहा और रेशमा को अपने कमरे में ले जाओ और राहुल अमन को भईया का कमरा दे दो, तुम सब अभी आराम करो थक गए होगे। शाम होने के बाद शालनी सबको घुमाने ले गई, थोड़ी देर टहलने के बाद जब वे लौटने लगे तो शालनी बोली अमन तुम्हारा डॉक्टर मैडम वाली कहानी मुझे बहुत मस्त लगी राहुल बोला वह कहानी नही हकीकत है अमन बोला पर तुम कैसे पढ़ी मैंने तो उसे कही प्रकाशित भी नही किया वह तो मेरे डायरी में था, शालनी बोली वहीं से पढ़ी हूँ बहुत अच्छा था, अमन एकदम से चौक कर बोला मतलब मेरा वह डायरी तुम्हारे पास है, शालनी बोली हाँ, उस दिन चिड़ियाघर गए थे तो तुम्हारा बैग में देखी डायरी बहुत खूबसूरत है जब पन्ना पलटा तो लगा पढ़ना चाहिए और रख ली, अमन बोला तो फिर उस दिन जब मैंने पूछा तो क्यों नही बताई वह बोली अगर मैं बता देती तो तुम मुझे उसे तुरंत लौटने को बोलते और मैं नही पढ़ पाती इसलिए, अमन बोला मतलब तुम पूरा डायरी पढ़ ली शालनी बोली हाँ पूरा पढ़ ली पूरा मतलब पूरा वह (@18209) भी बहुत मस्त लगा, अमन बोला अरे यार अच्छा तुमनें वह डायरी किसी को दी तो नही न, शालनी शरारत भरी निगाहों से देख कर बोली अभी तक तो नही दी पर सोच रही थी अपने दोस्त को दे दुं वह एडिटर है मैगजीन में उस कहानी को छाप देगी, अमन बोला नही यार ऐसा मत करना, शनेहा बोली ऐसा क्या है उसमें जो अमन इतना सिकवेस्ट कर रहा है, अमन ने शालनी को बोल्ड इशारा किया और बोला मत बताना तुम्हारे आगे हाथ जोड़ रहा हूँ, शालनी बोली वह एक लड़की आत्महत्या करने जा रही थी तो अमन ने उसे बचाया समझाया और

आज वह एक डॉक्टर बन गई यही है, शनेहा बोली यह तो बहुत अच्छी बात है, इसे तो मैगजीन में आना ही चाहिए, अमन बोला हां इसे आना चाहिए, रेशमा बोली इसे बताने में क्या दिकत है बताओ न, शालनी बोली अमन तुम सुना दो वह बोला नही तुम पढ़ी हो तुम ही सुना दो, शालनी बोली अच्छा राहुल तुम्हें तो पता है न और तुमने देखा भी है तो तुम्हीं सुना दो, राहुल बोला ठीक है सुनो।

<u>डॉक्टर मैडम</u>

यह बात उस दिन की है जब मैं और अमन लाइब्रेरी जा रहे थे ट्रेन आने वाली थी जिसके वजह से ब्रेकेट लगा हुआ था हमलोग उसके खुलने के इंतजार में वही खड़े थे ट्रेन आ रही थी पर वह बार बार हॉर्न बजा रही थी जब देखा तो एक लड़की ट्रेन की तरफ भागी जा रही थी सभी आवाज़ लगा रहे थे, ट्रेन आ रही है भागो पर वह किसी की नही सुन रही थी फिर अमन दौड़ा और पटरी से खींच कर साइड किया, शनेहा बोली अरे वाह अमन दौड़ता भी है राहुल बोला तुम्हें पता नही अमन आर्मी कोच के साथ 1600 मीटर का दौड़ 4 मिनेट 11 सकेंड में पूरा किया था, रेशमा बोली इसके आगे भी कुछ है या कहानी खत्म, राहुल बोला है न, सुनो, जब उसे अमन ने बचाया तो लोगों की भीड़ लग गई, अमन ने कहा अरे कोई दिक्कत वाली बात नही है दरअसल हमलोग वीडियो शूटिंग पे हैं तो उसमें एक ट्रेन के पास से बचाने वाला रोल था तो यह वही कर रही थी, लोग वहाँ से चले गए कुछ लोगो ने कहा आजकल के बच्चे भी न, वह लड़की रोने लगी अमन उसे बोला यहाँ पुलिस आ सकती है चलो उस पेड़ के पास वहाँ चले गए वह बोली मुझे क्यो बचाया मर जाने देते, अमन बोला तुम मरना चाहती थी, वह बोली हाँ, यह बोला पर क्यों, वह रोते रोते बोली मुझे अभी शादी नही करना मुझे पढ़ना है कुछ बनना है पर मेरे घरवाले हैं कि मेरी शादी करवा देना चाहते हैं, अमन बोला ओ तो ऐसी बात है और इतनी सी बात पे तुम मरने चली थी, वह बोली तो और क्या करती मेरी दीदी का भी कम उम्र में ही शादी हो गया था जिसके वहज से वह बहुत दुःख झेल रही है वह अपने मन से 2 रुपये का समान भी नही खरीद सकती उसके ससुराल वाले कहते हैं जाओ अपने बाप से माँगो मेरी दीदी को वे लोग बहुत दुःख देते हैं वह कहती है छोटी तुम

ऐसे शादी मत करना पहले कुछ बन जाना फिर शादी करना, लेकिन मेरे घरवाले हैं कि मानते हीं नही हैं, अमन ने कहा तो क्या मरने से इसका समाधान निकल जाएगा, वह बोली नही पर मैं क्या करूँ, वह बोला यह सब बात तुमने अपने पापा को बताया वह बोली हाँ पर पापा कहते हैं सब एक जैसे नहीं होते तुम ही देखो तुम्हारी माँ कोई नौकरी नही करती पर कभी इसे किसी चीज का दिक्कत हुआ क्या, तुम्हारी माँ वह सब कुछ कर सकती है जो वह चाहती है, मेरी माँ भी पापा की तरफ से हीं बोलती है, मैं शादी नही करना चाहती, अमन बोला अच्छा क्या तुम मुझे अपने और अपने घर वालो के बारे में बता सकती हो, उसने सब कुछ बताया, मै सोना कुमारी 12वीं की परीक्षा दी हूँ, अमन बोला अच्छा अगर अभी तुम मर जाती तो क्या होता, वह बोली शादी के बाद मेरी दिदी की तरह घुट घुट के जीवन बिताना नही पड़ता और थोड़ा बहुत मेरे घर वाले रोते बस इतना हीं, अमन बोला अच्छा तुम्हारा गणित और जीवविज्ञान दोनों विषय है न, वह बोली हाँ, वह बोला पर दोनों क्यों वह बोली मुझे समझ नही आया तो मैं दोनों ले ली, अमन बोला तुम डॉक्टर बनेगी, उसके चेहरे पे एक अलग सी चमक आ गई वह बोली क्या डॉक्टर पर कैसे, वह बोला तुम पैरामेडिकल जानती हो, वह बोली हाँ, वह बोला तो बस तुम्हें उसी का एक परीक्षा देना है। वह बोली पर मैं घर पे नही जाऊंगी अगर मैं घर गई तो पापा जबजस्ती मेरी शादी करवा देंगे, अमन बोला बहन सिर्फ पिता की जिम्मेवारी नही होती भाई की भी होती है क्या तुम मेरी बहन बनोगी, उसकी आंख नम हो गए और बोली क्यों नही भैया, वह बोला अगर तुम मुझे अपना भैया मानती हो तो जैसा मैं कहता हूँ करो, वह बोली आपसे निवेदन है घर जाने के लिए मत कहिएगा, वह बोला तुम घर तो जाओगी पर वह लड़की सोना नही डॉक्टर सोना होगी। वह बोली लेकिन भैया यह सब कैसे होगा, अमन बोला तुम समझ लो कि कुछ समय के लिए मर चुकी हो मैं तुम्हारे घर फोन करके बोल दूंगा की आपकी बेटी मर चुकी है, वह बोली अगर वह लाश ढूंढेंगे तो, अमन बोला उसकी चिंता तुम मत करो ओ सब मुझपे छोड़ दो, सोना बोली पर भैया मैं रहूंगी कहां, वह बोला तुम मेरे घर रहोगी जहाँ मेरी माँ भीभी और पापा रहते हैं, मेरे पापा मेजर थे और भईया आर्मी में है। वह बाहर ही रहते हैं और मैं भी अभी पढ़ाई कर

रहा हूँ इसलिए यहाँ रहता हूँ, तुम वही रहना वही से तैयारी करना और पैरामेडिकल का फॉर्म आएगा मैं उसे भर दूंगा फिर परीक्षा देना सफल हो जाने के बाद तुम हॉस्पिटल में रहोगी, वह बोली अगर असफल हो गई तो, वह बोला पहले से ही मन मे असफलता का भूत रहेगा तो असफल ही होगी, मुझे तुमपर पूरा विस्वास है बस तुम मन लगा कर तैयारी करना, वह बोली पर फौरम भरने के लिए कागजात की जरूरत होगी अमन बोला उसकी चिंनता तुम मत करो, वह बोली सब तो ठीक पर मैं आपपे विस्वास कैसे करूँ आजकल के लोग ऐसे ही लड़कियों को बहला फुसला कर ले जाते हैं और न जाने उनके साथ क्या क्या करते हैं इसलिए आपको बताना होगा कि मैं आपपे कैसे विस्वास करूँ, अमन कहता है यह हुई समझदारी वाली बात। लड़का हो या लड़की किसी को भी ऐसे ही किसी की बातों में आकर आँख बंद कर के भरोसा कर लेना और साथ चल देना यह बिल्कुल गलत है वह बोली तो अब आप बताईए, अमन बोला ऐसा करो यह लो मेरा मोबाइल इसमें किसी का भी नंबर निकालो और उसे कॉल करो या जो मन करे करो और देखो, वह बोली उससे क्या होगा अमन बोला यह मोबाइल नही इंसानों का आंतरिक मेमोरी कार्ड है अगर तुम चाहो तो अभी किसी का फ़ोन ले कर उसके बारे में सब कुछ पता कर सकती हो, उसके अंदर की अच्छाई बुराई वह क्या करता है सब कुछ, वह बोली अच्छा मैं आपका फेसबुक देख सकती हूँ, अमन बोला फेसबुक तो मैं नही चलाता लेकिन वाट्सएप चलता हूँ तुम वह भी देख सकती हो, सोना, अमन के मोबाइल में कुछ भी नही देखी और फोन वापस करते हुए बोली मुझे आपपे विस्वास हो गया अब आप जो कहेंगे मैं करूंगी, अमन बोला तुमने तो कुछ देखा ही नही फिर विस्वास कैसा हो गया, वह बोली जान बचाने से लेकर आपने अभी तक सिर्फ मेरे भले की बात कही है, एक लड़की जब किसी लड़के से प्यार करती है तो उसे भी उतना सब पता नही होता जितना की आपने मुझे अपने बारे में बताया, अमन बोला अच्छा एक मिनेट मैं माँ को कॉल करता हूँ, अमन अपनी माँ को कॉल किया और सोना के बारे में सबकुछ बताया अमन के पापा और भाभी भी वही थे उसकी भाभी बोली अरे वाह देवर जी अभी तक मैं सुनती आ रही थी कि एक जवान लड़का घर मे सिर्फ प्रेमिका को लाता है पर आप

तो मेरी ननद(पति या देवर की बहन) ला रहे हैं अच्छा सोना को फोन दिजिएगा, सोना और भाभी आपस मे बात किए फिर फ़ोन माँ को दे दिए माँ बोली कब ला रहे हो मेरी बेटी को, अमन बोला कल ही आ रहा हूँ, माँ बोली अच्छा राहुल कैसे है अमन ने कहा वह भी यहीं है लो बात कर लो, राहुल और अमन की माँ बात करते हैं फिर थोड़ी देर बाद फ़ोन कट हो जाती है। सोना बोली पता है भैया मुझे तो यह सब सपना लग रहा है मुझे तो विस्वास ही नही हो रहा कि आज भी इस जमाने मे ऐसे लोग रहते हैं, राहुल बोला तुम उनके साथ कुछ दिन रह लो फिर बताना, अमन बोला राहुल सोना को लेकर आज ही निकलना होगा क्योंकि यह सोना का शहर है लोग इसे यहाँ पहचान लेंगे। अमन सोना को लेकर घर चला जाता है कुछ महीने बाद वह परीक्षा देती है और वह उसमें सफल भी हो जाती है पिछले ही साल वह डॉक्टर बनी वह अपने माता पिता से भी मिली थी अब उसके पापा कहते हैं मुझे गर्व हो रहा है कि मैं सोना जैसी बेटी का पिता हूँ, आज तक देखा था लोग प्यार के लिए प्यार के पिछे घर परिवार छोड़ते हैं पर तुमने अपना कैरियर बनाने के लिए ए सब की, बेटी मुझे तुम पर गर्व हो रहा है, सोना की छोटी बहन का भी शादी होना था फिर उसके पापा बोले बोल बेटी अगर तुम भी कुछ बनना चाहती हो तो बोलो तुम्हारी शादी अभी नही होगी वह बोली पापा मैं दरोगा बनूंगी, और अब सब सही है वह भी तौयारी कर रही है। तो यह थी डॉक्टर मैडम की कहानी।

रेशमा बोली यह तो सही बात है आत्महत्या किसी भी समस्या का समाधान नहीं, शनेहा बोली और अब रात भी हो रही है तो हमे यहाँ रुकना भी अच्छा नही। सभी यूही बात करते हुए घर चले गए। आज बारात आने वाली है घर का सजावट भी बहुत अच्छे से किया गया है। हर तरफ चहल पहल है और खूबसूरती की तीन देवियां " शालनी, शनेहा और रेशमा" ऐसा लग रहा है जैसे जयमाला में आज लोग दुल्हन को नही इन्ही तीनों को देखेंगे। और रेशमा वह तो पुरा बवाल लग रही है। जयमाला स्टेज पर दूल्हा दुल्हन के साथ हम पांचों को भी बुलाया गया और 3 फ़ोटो खिंचाया। शादी में शालनी के भैया के साथ राहुल और अमन मिल कर पूरा बराती का अच्छा से ख्याल रखा नाश्ता पानी से लेकर खाना खिलाने

तक। सबके खाने के बाद यह तीनों खाना खा रहे थे शालनी के भैया राहुल और अमन, अभी ए लोग खाना खा ही रहे थे कि रेशमा के साथ शालनी की एक दोस्त आई और बोली आपलोग IAS का परीक्षा लिखे हैं न, राहुल बोला हाँ, वह बोली आपलोग ऐसे काम कर रहे हैं तो देख कर थोड़ा अजीब सा लग रहा है, राहुल बोला अजीब पर क्यों, वह बोली अजीब तो लगेगा हीं न, आपलोग भारत के सबसे कठिन परीक्षा पास किए हैं और तो और आप लोग शालनी के परम मित्र भी हैं, राहुल बोला सबसे पहले हम इंसान हैं और हर इंसान का कर्तव्य बनता है कि वह जरूरत मंदों की मदद करे, और हमलोग वही कर रहे हैं अपना कर्तव्य निभा रहे हैं। वह इनसे सवाल पे सवाल करने लगी, शालनी के भैया बोले अगर तुम्हारा सवाल का जवाब मिल गया हो तो इन्हें आराम से खाने दो, वह बोली आपका कोई और काम नहीं रहता है क्या हर वक्त जिसे देखो डांटते रहते हैं यह तो बेचारी मेहमान है, वह बोले मैं इन्हें नही तुम्हें बोल रहा हूँ चलो जाओ, वह जाने लगे फिर इन्होंने बोला अच्छा इन्हें खाना खिला दिया है न, वह बोली खाना की क्या जरूरी है आपकी बातों से हीं पेट भर गया, और चली गई, राहुल बोला भैया यह कौन थी, वह बोले पड़ोसी है पर शालनी की तरह यह भी मेरी बहन ही है अपने घर से ज्यादा यहीं रहती है इतनी बड़ी हो गई पर आज भी बच्चों की तरह करती रहती है नादान है। एक बात है राहुल और अमन किसी को जानते हो या नही पर उन्हें इस महफिल में बहुत लोग जान चूके है। शादी हो गई और सुबह के 11 बज चुके हैं अमन, शनेहा, रेशमा और राहुल चारो बैठ कर गप्पे लड़ा रहे थे कि शालनी आ गई, वह बोली तुमलोग खाना खा लिए, राहुल बोला हाँ शालनी हमलोग खाना खा लिए, अमन बोला शालनी मैं जाना चाहता हूँ, शालनी बोली अरे इतना भी क्या जल्दी है दो दिन रुक जाओ फिर साथ मे मैं भी चलूंगी, अमन बोला अरे वहाँ नही मैं घर की बात कर रहा हूँ डेढ़ साल से ज्यादा हो गए सबसे मिले और अब इतना नजदीक हूँ तो सबसे मिल लेता सोच रहा था, और फिर जाते वक्त कॉल कर देना मैं आ जाऊंगा, राहुल बोला हाँ शालनी मैं भी सोच रहा हूँ घर से हो आता, शनेहा बोली तो हमलोग यहाँ अकेले रहेंगे, राहुल बोला तो फिर चलो मेरे घर चलोगी, शालनी बोली क्यों शनेहा तुम्हें हमारा साथ

अच्छा नही लगता क्या और फिर रेशमा भी तो यही है, और सिर्फ दो दिन की तो बात है हमसब चल चलेंगे। थोड़ी देर बाद राहुल और अमन अपने अपने घर चले गए। दो दिन बाद शालनी का कॉल आया अमन चल रहे हो ना, अमन की माँ फ़ोन उठाई और बोली बेटा अमन का स्वास्थ थोड़ा ठीक नही है तुम लोग जाओ वह बाद मे जाएगा। फिर फोन कट हो गया, शालनी ने राहुल को फोन करके सब बताया, राहुल ने अमन को कॉल किया वापिस उसकी माँ उठाई, राहुल बोला क्या हुआ अमन को वह बोली पता नही बेटा शायद थकान की वजह से सुस्त हो गया है सोना दवा बताई थी वही खाया है, राहुल बोला अच्छा ठीक है उसे आराम करने के लिए बोलिए, उधर से आवाज आया माँ अमन को दवा दे दी थी, वह बोली हाँ बेटा, राहुल बोला आंटी भैया आए हैं क्या, वह बोली हाँ कल ही आया है, थोड़ी देर बात हुई फिर फोन कट कर दी। ओ चारो शालनी, रेशमा, शनेहा और राहुल चले गए। कुछ दिन बीत गए अमन का स्वस्थ ठीक होने की बजाय और खराब होती जा रही है। सुबह के 5 बजे अमन बाथरूम से आया और माँ को बुलाया, अमन का स्वस्थ बहुत ज्यादा खराब हो रहा था अमन की माँ अमन के भैया, पापा, भीभी सबको बुलाई, अमन के भैया तुरंत सोना को फ़ोन किए वह बोली उन्हें एम्बुलेंस में लेकर तुरंत आ जाइए, अमन को हॉस्पिटल ले जाया गया, सोना हॉस्पिटल के सबसे बड़े डॉक्टर को बुलाई अभी अमन का इलाज चल रहा है। थोड़ी देर बाद सोना आई अमन के भैया बोले सोना अब कैसा है अमन, वह बोली ठीक ही हैं, वह बोले क्या मतलब ठीक ही है, वह बोली अब मैं क्या बोलु, फिर वह अमन के बारे मे सब कुछ बता दी, पापा बोले इतना सब हो गया और हमें बताया तक नही, वह बोली भैया बोले थे, इसका इलाज ही नहीं तो बता कर पहले से हीं दुःखी क्यों करें, उसके पापा बोले आजकल के बच्चों में सबसे बड़ी दिक्कत वाली बात यही है सब खुद ही समझ जाते हैं और फैसला भी ले लेते हैं, अगर भारत मे इसका इलाज नही होता तो दूसरे देश मे जाते कही तो इसका इलाज होता न, सोना को अंदर बुलाया गया वह रोती हुई चली गई, राहुल ने अमन के फ़ोन पे कॉल किया और बोला बधाई हो अमन हम पांचों का रिजल्ट आ गया हम पास हो गए, इधर से कोई जवाब नही मिला राहुल बोला हैलो अमन, उसके भैया बोले नही

मैं उसका भैया बोल रहा हूँ, राहुल बोला क्या हुआ भैया आपका आवाज ऐसा क्यों आ रहा है सब ठीक तो है न, भैया बोले हमलोग हॉस्पिटल में हैं अमन का हालत बिगड़ती जा रही है, राहुल ने हॉस्पिटल का नाम पूछा और बोला मैं अभी आ रहा हूँ, यह बात रेशमा, शालनी, शनेहा सबको पता हो गया। राहुल ने तुरंत एक गाड़ी बुकिंग पर लिया और वहाँ से निकल गया, साथ वह तीनों भी आ रहे हैं। हॉस्पिटल आते आते 3 बज चुके थे, यह चारों दौड़ कर हॉस्पिटल में गए अमन के घर वाले उसके पास ही बैठे थे, यह चारो वहाँ गए अमन बोला राहुल तुमलोग आ गए पता है मैं तुमलोग का ही इंतजार कर रहा था, यह चारों अमन के पास जा कर बैठ गए, शालनी बोली अमन यह क्या हो गया, अमन बोला अरे सब ठीक हो जाएगा अच्छा भैया बोल रहे थे हमारा UPSC का रिजल्ट आ गया और हम पांचों पास हो गए तो बताओ न हमलोग का रिजल्ट क्या है, राहुल बोला अमन हम पांचों टॉप ट्वेंटी(20) के अंदर हैं, और हम पांचों में पहला स्थान शालनी का है दूसरा तुम तीसरा, तीसरा सुनने से पहले ही अमन दो बार लंबा-लंबा सांस लिया, सब घबरा गए और डॉक्टर को आवाज लगाए, अमन बोला रेशमा मुझे माफ़ कर इतना बोल कर ढीला पड़ गया गर्दन दुसरी दिशा में घूम गई, डॉक्टर आया चेक किया और बोला सॉरी अब यह इस दुनियां में नही रहा........................... सब रोने लगे।.................

बाहर से कुछ आवाजें आने लगी, मीडिया वाले आए हैं उन्हें गेट पे ही रोक लिया गया उन्होंने कहाँ हमें पता चला की इस हॉस्पिटल में UPSC टॉप ट्वेंटी(20) के पाँच सफल अभियार्थी यहाँ हैं तो हम भागे भागे यहाँ आ गए, सोचा अब उनसे बात किए बिन कैसे चलेगा और वे पाँचों दोस्त भी हैं इसलिए हमें अनुमति दिजिए हम उनसे मिलना चाहते हैं, डॉक्टर बोले अब क्या अनुमति दे उनके बिच तो खु:शी आने से पहले ही ग़म का तूफान आ गया उनका एक दोस्त इस दुनियां को छोड़ कर चला गया, क्या! पर ऐसा कैसे हो गया, डॉक्टर ने पूरा बात बताया। धीरे धीरे लोगों की भीड़ बढ़ती जा रही थी डॉक्टर ने कहा आपलोग बॉडी को ले जाइए। एक एम्बुलेंस में उसे ले जा रहे हैं, उस एम्बुलेंस के पीछे भीड़ बढ़ती जा रही है, वे लोग घर पहुँच गए, बहुत ज्यादा भीड़ लग गई सगे संबंधि आए,

अमन के कोचिंग के शिक्षक आए मीडिया आई है यहाँ तक कि जिला के कलेक्टर भी आए हैं। पर दुःख की बात है कि सबकी आँख नम है, सिर्फ चीख पुकार सुनाई दे रही है, जहाँ लोग बधाई देते वहाँ श्रद्धांजलि दे रहे हैं।

" जहाँ जश्न मनाना था वहाँ से जनाजा निकल गया, एक निर्मोही सबकी आंखों में आंसू दे हँसता हुआ चला गया "

" यह कैसा रिश्ता निभा गए तुम, सबकी आँखों मे आँसू दे गए तुम, किसी के साथ खून का रिश्ता था तुम्हारा, तो किसी की होठो के मुस्कान थे तुम,

किसी को मरने से बचाया, बचाकर उसे सही राह दिखाया, मेहनत ने तेरी रंग लाई, जाते जाते तुम लाखो की आंखों में आँसू दे गया,

किसी न किसी तरह सबको अपने करीब किया तुमने, औरजाते जाते सबकी आँखों मे आंसू भी दे दिया तुमनें,

किसी की आँखों के तारे थे, तो किसी ने तुझे आंखों में बसाया था, यह कैसी वक्त आन पड़ी है, लोग उसे श्रद्धांजलि दे रहे हैं जिसे बधाई देना था,

कितना निर्मोही है रे तू, कितना बेदर्द हो गया, सब रो रहे हैं तेरे पास और तू आँख बंद कर के चला गया। "

౧౨

5

बिटिया दरोगा बन गई

"कोई अपने लिए जीता है तो कोई दूसरों के लिए अपनी खुशी कुर्बान कर देता है, कोई प्यार में सब कुछ लूट लेता है तो कोई प्यार के लिए हंस्ते हंस्ते सब कुछ लुटा देता है, जिंदगी यही है साहब इस जहाँ में बुरा वही है जो सबसे अच्छा होता है"

"आपके पास अपना कुछ भी नहीं है, सब बिन डोर के रिश्तो से बंधे हुए हैं" आइए अब हम कहानी को पढ़ना शुरू करते हैं आप सभी इस कहानी को सिर्फ पढ़िएगा ही नहीं बल्कि इसमे जीवन भी महसूस कीजिएगा मुझे उम्मीद है आप लोग मेरे इस कहानी को स्नेह, प्यार देंगे। और मेरी छोटी मोटी गलतियों को क्षमा भी करेंगे। चलिए हम कहानी की शुरुआत करते हैं।

बिटिया दरोगा बन गई

जैसे ही गांव का नाम आता है तो सबसे पहले हरियाली, हरा-भरा गांव किसान खेती-बाड़ी यही सब दिखता है और अभी हम लोग एक गांव में पहुँच गए है जहाँ से इस कहानी की शुरुआत होने वाली है।

वैसे तो हम आधुनिक युग में जीवन व्यतीत कर रहे हैं लेकिन इस गांव के लोग अभी भी वही पुरानी दुनियां में हैं, इस गांव में आधुनिक युग के सामान भी बड़ी मुश्किल से मिलेंगे, और ख्यालात भी पुराने हीं हैं। लेकिन अच्छी बात यह है की इस गांव के लोग खेती करते हैं और खेती करके सब बहुत खुश रहते हैं। इस गांव में एक स्कूल है दसवीं कक्षा तक लोग दसवीं कक्षा काफी समझते हैं लड़कियां आठवीं तक पढ़ते हैं और लड़के दशवीं तक और फिर बाकी खेती-बाड़ी ही होती है। मुश्किल से कोई बाहर निकलता होगा क्योंकि उनके लिए खेती बाड़ी और घर परिवार के अलावा कुछ भी नहीं है कुछ लोग पढ़ते हैं पर लड़कियां ज्यादा से ज्यादा पढ़ेंगे तो दसवीं तक उनके बाद उनकी शादी हो जाती है। एक लड़की थी जो 12वीं तक पढ़ी हैं और आगे भी पढ़ना चाहती है शहर जाना चाहती है। वह बोली पापा मैं शहर जाना चाहती हूँ पढ़ना चाहती हूँ, उसके पापा बोले क्या! शहर जाओगी क्या करोगी पढ़कर, वह बोली पापा मैं पायलट बनूँगी, सुना है वे हवाई जहाज चलाते हैं, हमेसा उसी में घुमते हैं सोचिए पापा हवाई जहाज आपकी बेटी उसमें, मैं इस गाँव के ऊपर से गुजरूंगी यूं कर के कितना अच्छा होगा न, उसके पापा बोले बेटी हम गांव के लोग हैं और इतने बड़े सपने मत देखो, वैसे भी शहर के लोग बड़े लोग होते हैं वहाँ हमेसा मार-पीट होते रहते हैं और सुना है वहाँ के लड़के भी अजीब किस्म के होते हैं, वह बोली क्या पापा आप भी किस दुनियां में जी रहे हैं जमाना बदल गया है, पिता और बेटी के बीच बहुत सी बातें होती है वह जिद्द करने लगती है फिर उसके माँ-पापा मान जाते हैं। गांव की यह पहली लड़की है जो गाँव से शहर पढ़ने जाने वाली है। सब तैयारियां हो जाती है कुछ दिन बाद यह लड़की शहर चली जाती है वहाँ पर रहने लगती है

कोचिंग में नमाँकन भी हो गया और पढ़ाई कर रही है। उसके पास छोटा सा एक फोन है जिससे वह घर पर बात करती है। वह पढ़ने में बहुत तेज कुछ महीने बीत गए अपने क्लास में वह नंबर वन पर आने लगी पूरे क्लास में लोग उसे जानने लगे, शिक्षक भी उसकी बहुत प्रशंसा करते थे। अब लगभग 8 महीनें बीत चुके थे और उसका पढ़ाई इतना अच्छा था कि उसे क्लास में सभी लोग प्रभावित हो गए। शिक्षक भी उसके माता-पिता से बात करते हैं माता-पिता भी बहुत खुश थे। कुछ महीने बाद जब वह त्यौहार में घर आई तो उसका स्वागत मेहमान की तरह हुआ। गांव की बड़ी-छोटी लड़कियां उससे मिलने जाती हैं, पूछती हैं दीदी शहर कैसा होता है वहाँ के लोग कैसे होते हैं ऐसी-ऐसी बातें पूछते हैं। बातें हो हीं रही थी फिर वह एक बड़ा सा मोबाइल निकालती है बच्चे पूछते हैं दीदी यह क्या है यह बोली यह मोबाइल है तुम्हारे घर में छोटा सा है न जिससे बात करते हैं उसी तरह यह भी है पर इसमें बहुत कुछ होता है देखो अभी में तुम्हें दिखाती हूँ। जहाँ मैं रहती हूँ यह वहाँ की तस्वीरें है, यह मेरा रूम है ये सब मेरी दोस्त हैं। वह एक एक कर के सभी फ़ोटो दिखा रही थी, एक छोटी लड़की बोली दीदी एक मिनट, वह बोली क्या हुआ यह बोली दीदी जो फ़ोटो अभी पीछे गया वह फ़ोटो फिर से दिखाना, वह फ़ोटो पीछे की, बच्ची बोली दीदी आपके साथ यह भैया कौन हैं, यह बोली अरे वह हमारे सर जी है, फिर वह फ़ोटो आगे दिखाने लगी यह बच्ची बोली पर दीदी इस सर का तो मूंछ हीं नहीं है और सर इतने छोटे होते हैं क्या, वह बोली अरे शहर में बिना मूंछ वाले सर होते हैं, बच्ची तो बच्ची यह सवाल पे सवाल करने लगी, तो मतलब दीदी मूंछ वाले सर नही पढ़ाते हैं क्या, वह बोली वैसा नही है सब पढ़ाते है, यह बोली अच्छा दीदी वह एक बार फिर से दिखाना उस सर को, यह बोली अरे उसे ज्यादा देख लिए न तो वह इसमें से निकल गया अब नही दिखा सकती पर हाँ यह बात किसी को मत कहना कि दीदी के सर बिना मूंछ वाले थे वरना लोग तुम्हें पागल कहेंगे और तुमसब तो तेज हो है न, छोटी बच्ची बोली हाँ दीदी हम सब तेज है। अभी उसकी माँ आ जाती है बोली अरे तुम सब अभी यहीं हो चलो घर जाओ बाद में आना अभी दीदी थोड़ा आराम करेगी, तभी माँ की नजर उसके मोबाइल फोन पर जाती है वह कहती है यह क्या है बेटा, वह बोली

मोबाइल है माँ, माँ बोली इतना बड़ा मोबाइल, यह कब ली हमें बताई नहीं और ऐसा फोन तो बहुत महंगा आता होगा। तुम्हारे पास इतने पैसा कहां से आए, वह बोली माँ यह हमारे सर जी ने दिया है, परीक्षा में मेरे नंबर अच्छे आए थे न इसलिए दिए हैं, इससे पढ़ाई भी होती है माँ तुम कुछ देखोगी क्या, इसमें बहुत कुछ होता है, माँ बोली अच्छा छोड़ो बाद में दिखाना अभी चलो खाना खा लो। कुछ दिन वह यहाँ रहती है उसके बाद वह शहर वापस चली गई, जाते जाते शाम हो गए थे और वह जल्दी सो गई। रात के 11:03 बजे कॉल आया, कहां हो यह बोली अभी सो रही हूँ, वह बोला सो रही हूँ कहां सो रही हूँ, घर पर ही हो या चली आई, यह बोली अरे बाबा घर पर नहीं अपने रूम में हूँ, बोलो कुछ कह रहे थे क्या, वह बोला नही बस ऐसे ही, अच्छा तुम सो जाओ कल मिलते हैं यह बोली अच्छा ठीक है इतना के बाद फोन कट हो गया। अब आप सोच रहे होंगे कि यह कौन है जो अभी कॉल किया रात के 11:03 बजे। तो बात ऐसा है कि यह लड़की किसी से प्रेम करती है और वह भी इसे प्रेम करता है इनका प्रेम कोचिंग से शुरू हुआ है और यह मोबाइल फोन किसी शिक्षक ने नहीं दिया बल्कि उसी लड़के ने दिया है वहीं बिना मूछ वाले शिक्षक। (चेहरे पे थोड़ा स्माइल आया क्या? हाँ यह तो बढ़िया बात है, ध्यान रखिएगा आपकी हँसी किसी के कानों तक ना जाए वरना लोग आपको पागल कहेंगे, दिल पर मत लीजिएगा आप तो हो...शियार हैं) तो चलिए देखते हैं आगे क्या होता है। कुछ महीने बीत गए थे, दोनों के प्रेम संबंध बहुत मधुर थे।

कविता- जब इश्क़ होता है

" जब इश्क़ होता है तो बस प्यार ही प्यार दिखता है, खो जाते हैं महबूब की आँखों में कुछ इसकदर चाँद में भी चाँद नही चेहरे अपने यार का दिखता है,

खाना पीना सब भूल जाते हैं, प्यार जब नया हो तो प्यास भी होठो से बुझा लेते हैं,

इन आशिक़ों की आशिकी भी बड़ी गजब होती है, शुरुआत में तो तेरे जैसा कोई नही, कुछ महीना गुजरते ही अवकात पुछने लगते हैं,

और जिनकी आंखों में कभी शाम हो जाती थी, जिनकी आगोश में दिन यूही गाजर जाती थी,

एक वक्त के बाद सबकुछ बदल जाते हैं और फिर सुकून उनकी आगोश में नही बल्कि ब्लॉक कर के मिलते हैं"

आज वह लड़की सुबह से परेशान है और उस लड़के को कॉल कर रही है पर वह कॉल नही उठा रहा है, फिर वह लड़की अपने सहेली को फ़ोन की और बोली उसे कॉल करो और मुझे कॉन्फ्रेंस पर लो, वह कॉल की पर उसका भी कॉल नही उठाया। अगली सुबह कॉल आया वह बोला बोलो क्या बोल रही थी यह बोली कहां हो वह बोला रूम में, यह बोली कल तुम्हें कितनी बार मैंने कॉल किया तुम्हें उठाया क्यों नहीं, वह बोला ऐसे ही थोड़ा मुड़ खराब था अच्छा बोलो क्या बोल रही थी वह बोली मुझे अभी तुमसे मिलना है, वह बोला अभी यह बोली हाँ अभी, वह बोला अभी थोड़ा काम है तो नही आ पाऊंगा शाम को मिलते हैं, यह बोली मैं कुछ नही जानती अभी ग्राउंड में आओ, वह बोला कहाँ, यह बोली सुबह दौड़ने जाते थे वहाँ, वह बोला बात क्या है यह तो बताओ वह बोली सुनो अभी 5:18AM हो रहे हैं 5:30AM तक पहुँचो, इतना कह कर कॉल कट कर दी। दोनों ग्राउंड में मिलते हैं वह लड़की बहुत टेंसन में लग रही थी फिर बातों ही बातों में दोनों का आपस मे झगड़ा हो जाता है, लड़का वहाँ से चल दिया, लड़की भी अपने रूम चली गई। वह कमरा बंद कर के रोने लगी कुछ दिन से वह कोचिंग भी नही जा रही थी सर का कॉल आया तुम क्लास नही आ रही हो यह बोली कल से आऊंगी इतना कह कर कॉल कट कर दी, रोते-रोते वह सो गई फिर वह उठी फ्रेश हुई और घर पे माँ पापा से बात की हाल खबर हुई और फिर फोन रख दी। अब शाम के 09:03 PM हो रहे हैं जब वापस उसकी माँ कॉल की तब यह कॉल नही उठाई, उसकी माँ सोची शायद सो गई होगी, अगली सुबह 08:22AM वह वापस कॉल की एक पुलिस ने कॉल उठाया उसकी माँ बोली आप कौन, यह बोला मैं इंस्पेक्टर सतीश आप उसकी माँ बोल रही हैं क्या, यह बोली हाँ, सतीश बोले अच्छा जरा अपने पति को फ़ोन दिजिए, माँ उसके पापा को फोन दी। वे बोले हाँ कहिए मैं उसका पापा बात कर रहा हूँ आप कौन यह बोला मैं इंस्पेक्टर सतीश बात कर रहा हूँ आप अभी शहर आ जाइए, वह बोले

क्या बात है बोलिए, यह बोला आपके घर में कौन कौन हैं यह बोले मैं मेरी पत्नी और एक बेटी है जो अभी पायलट की तैयारी कर रही है। यह बोले फोन का साउंड अगर ज्यादा हो तो कम कर लीजिए और वहाँ से थोड़ा में दूर जाइए, यह बोले आखिर बात क्या है इतना घुमा फिरा के बात क्यों कर रहे हैं और पहले यह बताईए मेरी बेटी कहाँ हैं, सतीश बोला आपकी बेटी आपलोगो से बहुत दूर चली गई है, वह बोले दूर चली गई क्या मतलब, यह बोला मतलब आपकी बेटी अब इस दुनियां में नही रही, वह पंखे से लटक कर अपनी जान दे दी। उसके पिता वही बेहोश हो गए। उसकी माँ आई क्या हुआ जी क्या हुवा, फिर चेहरे पे पानी छिटा गया, वह उठे और उठते उठते बोले नही मेरी बेटी नही मर सकती मेरी बेटी नही मर सकती कह-कह कर रोने लगे, उसकी माँ बोली क्या हुआ जी आप ऐसे क्यों बोल रहे हैं, आस-पास घर के लोग इक्कठा होने लगे। फिर से कॉल आया उसके चाचा जी उठाए उधर से बोला, आ रहे हैं, उसके चाचा बोले बात क्या है, वह बोला आप कौन यह बोले मैं उसका चाचा बोल रहा हूँ, वह बोले आपकी भतीजी आत्महत्या कर ली है। आपलोग आके लाश ले जाइए, लाउडस्पीकर खुला ही था, जैसे ही उसकी माँ के कान में यह आवाज गई वह वहीं जमीन पर गिर गई, सब देखने लगे उठाने लगे तो पता चला वह मर गई, हर्ट अटैक (heart attack) से मौत हो गया। सब जैसे बर्बाद हो गया, उधर बेटी का मृत शरीर लाना है इधर पत्नी भी आखरी सांस ले ली, अब पिता बिल्कुल शांत हो गया, कोई उन्हें पानी का छींटा मार रहे हैं तो कोई धड़कन सुन रहे हैं कही ऐसा तो नहीं कि यह भी चल बसे, फिर डॉक्टर को बुलाया जाता है डॉक्टर बोला इन्हें गहरा सदमा लग गया है उमीद है 2-3 घंटे में होस आ जाए। गांव में जैसे मातम सा छा गया और अभी सिर्फ चीख पुकार सुनाई दे रही हैं। जब कुछ घण्टे बीत गए तब फिर से कॉल आया, आ रहे हैं इतना कहते ही वह रुक गया और सुनने लगा, थोड़ी देर बाद बोला इतना शोर शराबा क्यों, उसके चाचा बोले उसकी माँ भी मर गई पिता सदमा में है। सतीश बोले अच्छा रूकिए मैं ही आ रहा हूँ। कुछ देर बाद पुलिस उस लड़की का मृत शरीर लेकर आ जाती है, वह देखा तो वही थम सा गया क्या होना था और क्या हो गया, उसका पिता अभी भी बेहोश था, उसके चाचा जाते हैं और कहते हैं

मैं उसका चाचा हूँ। उनसे सिग्नेचर करवाया जाता है और पुछते है यह लड़की किसी से प्रेम करती थी क्या आपलोगों को कुछ पता है। चाचा बोले नही यह तो शहर पढ़ने गई थी और हमेसा कहती थी चाचा देखना एक दिन मैं पायलट बनूंगी गांव का नाम रौसन करूंगी उसके शिक्षक भी उसकी खूब प्रशंसा करते थे, पुलिस बोला हमलोग जांच किए कॉल डिटेल से पता चला कि वह किसी से प्रेम करती थी और उसके आत्महत्या के पीछे कारण यह है की ..... दोनों आपस में बात करते हैं कारण बताते हैं फिर पुलिस बोला मैंने उस लड़के को हिरासत में ले लिया है और आगे की कार्यवाही देखी जाएगी। एक कहता है क्या हम उस लड़के को देख सकते हैं यह पुलिस बोला हाँ वह उस गाड़ी में है, उस गाड़ी पे लोग टूट पड़े पुलिस रोकती रह गई और उसे गाड़ी से निकाल कर लगे मारने, बड़ी मुश्किल से पुलिस ने उस लड़के को भीड़ से निकाला और ले कर भागा। शाम हो गई थी उसके पिता होस में आ गए, सभी सम्बंधि भी आ गए हैं, अगले दिन माँ-बेटी दोनों का मृत शरीर जलाया जाता है।

"पिता का दुःख-

बता बेटी किस जन्म का बदला लिया तुमने, जीवन भर के लिए आँखों में आँसू दिल मे दर्द दे दिया तुमने,

अपनी प्यारी मुस्कान मेरे जीने का सहारा भी छीन लिया तुमने, समाज का ताना किस चीज के बदले दिया तुमने,

अब शिकायत क्या करूँ तुमसे शायद मेरे नियती में ही यही लिखा था, इन चार दीवारों के बीच अकेला घुट घुट के मरना ही मेरे किस्मत में था,

अब तो हिचक्की भी नही आएगी, कानो में ताने के सिवा कहां कुछ सुनाई देगी,

दीवारों से बाते करेंगे दोष तुम्हे नही बेटी ख़ुदको ही देंगे, जा बेटी जहाँ भी रहो खुशी से रहना, कुछ दिन की देरी है अपने पिता का वही इंतजार करना,

मेरी प्राण प्रिय मेरी जीवन संगिनी जाते जाते मुझे भी अपने साथ ले जाते, कैसे रहेंगे तुम बिन कमसे कम एक बार तो सोच लेते,

तुम्हें पता नही हम यहाँ अकेले कैसे जी रहे हैं, हर सांस को भीख में मौत माँग रहे हैं"

चलिए अब आगे बढ़ते हैं-

बड़ी मुद्दत से तो एक लड़की को पढ़ाने के लिए इस गाँव वाले राजी हुए थे और इस लड़की ने शहर जा कर आत्महत्या नाम का एक अपराध कर लिया, और इस आत्महत्या नाम का अपराध ने देखिये क्या क्या किया, वह तो मर गई पर उसकी सजा निर्दोष को मिली और मिलेगी। सजा सबसे पहले उसकी माँ को मिली जो की मर गई, पिता जिसे अब जीवन भर मिलेगा, और इस गांव की बेटी को जो इसमें कही सामिल नही थे फ़िर भी उन्हें मिलेगी। अब गांव में एक फैसला लिया जा रहा है जो गांव की लड़कियो को भुगतना होगा। गाँव में यह ऐलान हो गया कि आज के बाद कोई भी लड़की पढ़ने के लिए शहर नही जाएगी।

"तेरी जिंदगी तुमनें आपने मर्जी से जिया, मर कर सबको बर्बाद भी कर दिया, सुना था प्यार का मतलब खुशी होता है तुमनें तो अपने ही घर को समसान बना दिया"

समय गुजरता गया और आज 15 साल बीत गया।

<h3 align="center">15 साल बाद</h3>

एक लड़की है जिसका नाम है ''अंजली'' तो आइए अब अंजली के घर चलते हैं क्योकि अब वही इस कहानी के मुख्य पात्र होने वाली है। थोड़ा अंजली के बारे में बात करे तो उसके घर में उसके माता-पिता और एक छोटा भाई है अंजलि पढ़ने में बहुत तेज है 12वीं टॉप की है और स्नातक(B.A) में अभी पढ़ रही है, और थोड़ा बता दूँ की वह पढ़ाई में जितना तेज है उतना ही अकड़ू भी है अपने आगे किसी की चलने नहीं देती और गुस्सा-गुस्सा तो जैसे इसके नाक पर रहती है पूरा लड़कों वाले तेवर हैं, बस नाम की वह लड़की है, और शायद इसलिए इस गांव में ऐसे नियम होने के बाद भी वह अभी स्नातक (B.A) में आ पहुँची है, ओ बात अलग है कि वह अभी शहर नहीं गई है। तो चलिए अब आगे देखते हैं अंजलि के घर तो आ ही चुके हैं और अंजलि अपने पापा से बात कर रही है क्या बात कर रही है जरा सुनते हैं। पापा मुझे पढ़ाई के लिए शहर जाना है, उसके पापा वही पुराना किस्सा सुनाना शुरू कर दिए अंजली भड़क उठी

मतलब मैं भी वैसी ही हूँ और आपको अपने बेटी पर भरोसा नहीं, उसके पापा बोले ऐसा नहीं है बेटी पर अंजलि बोली पर वर मैं कुछ नहीं जानती और यह जरूरी थोड़ी है कि उसने शहर में जो किया मैं भी वही करूंगी सब एक जैसे तो नही होते और सब शहर वाले भी वैसे थोड़ी होते हैं, अगर वैसा होता तो भला कोई अपनी बेटी को शहर क्यों भेजता, देखिए आज लड़कियां आई.ए.स(IAS) बन रही है पायलट बन रही है बैंक में नौकरी कर रही है दरोगा बन रही है हर क्षेत्र में लड़कियां हैं इसका मतलब तो यही हुआ की सब एक जैसे नहीं होते, उसके पापा बोले पर बेटी तुम गांव की लड़की हो शहरों के लोग बहुत बुरे होते हैं, अंजलि बोली देखिये पापा "गांव का भी हर इंसान सही नही होता और शहर का भी हर इंसान गलत नही होता" इसलिए थोड़ा सकारात्मक सोचिए, बहुत देर तक बाते हुई अंजलि को उसके माता-पिता बहुत समझाते हैं पर वह नही मानी, फिर वह कहती है अगर आपलोग को लगता है कि मैं कुछ गलत करूंगी तो सुनिए मैं वचन देती हूँ, कि चाहे मैं कहीं भी रहूं, कोई भी ऐसा काम नहीं करूंगी जिससे मुझे और आपको सर्मिन्दगी महसूस हो, मैं ऐसा कोई काम नही करूंगी जिससे आपका नाम खराब हो, मैं वैसा कोई काम नही करूंगी जिससे समाज में आपका सर झुके, आपके परवरिश पे आपकी बेटी पर कभी कोई गलत सवाल उठाए, पापा मैं वचन देती हूँ और देखना एक दिन मैं प्रेरणा बनूंगी सब के दिलों पर राज करूंगी माता-पिता और अपने गांव जिला का नाम रौशन करूंगी। माँ कहती है चलिए जी कम से कम अपनी बेटी पर तो भरोसा कर ही सकते हैं और जरूरी थोड़ी है कि सभी एक जैसे हीं होंगे, है न बेटी, अंजली बोली ए हुई न बात, फिर उसके माँ-पापा मान गए। यानी अब इस गांव की दूसरी लड़की शहर जाने वाली है। हम आगे बढ़े उससे पहले कुछ पंक्तियां अंजली के नाम।

" एक परिंदा परदेसी होने वाली है, अंजली पढ़ने के लिए घर-परिवार छोड़कर जाने वाली है,

नया शहर नए लोग मिलेंगे, अब अंजलि को माँ के हाथ से बना खाना, पापा का दुलार भी फोन पर ही महसूस करने होंगे,

अंजलि खुद की आंख नम कर घर वालों के आँख में आंसू लाने वाली है, देखो एक परिंदा परदेसी होने वाली है"।

2 हफ्ते हो गए सब तैयारी हो गई है और अंजली अपने पापा के साथ शहर जा रही है। इधर गांव के लोग भी कमेंट कर रहे हैं पर ओ क्या है ना तुम चाहे कितना भी कोशिश कर लो कि बादल को हम अपने गांव में रोक लें और यहीं बारिश करवा दे पर वह रुकने वाला नहीं है उसे जहां बरसना है वहीं बरसेगा। यह तो बात की बात हुई फिर भी आइए हम सुनते हैं की आखिर अंजली के माँ से गांव वाले क्या कह रहे हैं। "हाँ तेरी बेटी कलेक्टर बनेगी, बहुत बढ़िया किया बेटी को शहर भेज कर दामाद भी कलेक्टर ही मिलेगा चिंता मत करो, इस तरह की बातें कहकर बहुत हँस्ते हैं पर अंजलि की माँ इन बातों पर गौर नही की। कुछ दिन बीत चुके हैं अंजली के पापा अंजली को छोड़ कर घर आ गए। वक्त बीत रहा है गांव के लोग अंजलि के घर भी आते जाते रहते हैं और बाते कुछ इस तरह करते हैं, इतना दिन हो गया बिटिया कुछ करेगी भी या शहर में घुमती रहेगी। ध्यान रखना शादी की उम्र में पढ़ने भेजे हो कही उसके बेटी की तरह ना हो जाए । अब 2 साल बीत चुके थे वह दरोगा के लिए परीक्षा दी थी पर मुख्य परिक्षा में असफल हो गई। शाम का वक्त था वह घर में बताती है पापा मैं मुख्य परीक्षा में फेल हो गई, उसके पापा कहते हैं कोई बात नहीं बेटा बस हिम्मत मत हारना, जीतता वही है जो लड़ता है खूब मेहनत करो और दिखा दो सबको बता दो कि बिटिया सिर्फ घर ही नहीं चलाती, देश भी चला सकती है, इसी तरह की बातें होती है अंजली को घरवालों का पूरा सहयोग मिलता है हमेशा मोटिवेट करते रहते हैं। वह अब फिर से पढ़ाई में लग गई है और फिर एग्जाम के लिए फॉर्म अप्लाई कर दी है। आगे क्या होगा वह तो आने वाला वक्त ही बताएगा और उसके लिए हमें थोड़ा इंतजार करना होगा। अभी हम अंजली के गांव चलते हैं जहाँ हमें कुछ देखने को मिलेगा तो चलिए।

नन्हे योगी

सुबह के 10:38 हो रहे हैं और हमें कुछ सुनाई भी दे रही है, किसी बच्चे की आवाज है शायद सारंगी बज रही है, आवाज नजदीक आ रही है। गेरुवा वस्त्र धारण किए हुए 2 बच्चे आ रहे हैं नही एक लड़का एक लड़की है पर जोड़ी लवकुश के जैसा है इनका उम्र लगभग 13 साल लड़का का और 12 साल कि लड़की होगी बहुत मासुम लग रहे हैं छोटे छोटे हाथों

में छोटे छोटे सारंगी और इतना प्यारा गाना दर्द से भरा है लोगो की भीड़ लग रही है वे करीब आ रहे हैं लो आ गए और भिक्षा माँगने लगे। भिक्षा मईया, दोनों वही बैठ गए और गाने लगें। कुछ लोग बोल रहे हैं यह जरूर ऋषि मुनि के बच्चे होंगे, इतने प्यारे मासूम बच्चे चलो तो पूछते हैं, एक चाचा बोले आपलोग कहां से आए हैं और क्या नाम है वह लड़का बोला मैं आशीष और यह मेरी बहन शिया हम दोनों भाई बहन हैं, चाचा बोले भाई बहन, अच्छा आपके माता-पिता क्या करते हैं क्या वह भी सारंगी बजाते हैं, आशीष बोला नहीं मेरी माँ मर गई है हम अनाथ हैं एक जोगी बाबा ने हमें शहारा दिया और हम जोगी बन गए। एक दादी बोली पर तुम्हारे पापा तो होंगे न, यह दोनों भाई बहन जाने लगे दोनों के आँख से आँसू बह रहे थे चाचा रोक लिए और बोले आप दोनो रोने क्यो लगे क्या हुवा, शिया बोली भैया प्यास लगी है। एक दादी बोली बेटा पानी ले कर आना दोनों को पानी पिलाते हैं थोड़ी बात भी करते हैं फिर एक दादी बोली बेटा क्या हुआ था, तुम लोग कैसे जोगी बने हमें भी बताओगे क्या? वह लड़का बोलता है दादी यह बहुत लंबी कहानी है पर मुझे थोड़ा-थोड़ा याद है, जब मैं बहुत छोटा था तब माँ मुझसे कुछ कह कह कर बहुत रोती थी, मेरी माँ मुझसे क्या कहती थी वह मुझे समझ नही आता था पर माँ की आंसू देख कर मैं भी रोने लगता था। मेरी दादी, पापा कोई भी मेरी माँ से प्यार नही करते थे, मेरी माँ सावली थी न इसलिए, आपको बताऊँ मेरी दादी दुसरी औरतों से बहुत प्यार करती थी पर मेरी माँ से अच्छे से बात भी नही करती थी, माँ कुछ भी कहती वह सुनती भी नही थी पापा भी वैसे ही थे, उन्हें भी मेरी माँ पसंद नही थी और मेरी माँ से ठीक से बात भी नही करते थे। मेरी माँ को हमेसा कहते थे तेरे बाप ने क्या दिया है, अपने बाप से ए कहो देने के लिए ओ कहो देने के लिए और मेरी माँ सावली थी न तो कहते थे उसकी पतोहिया कितना गोरी है और एक यह है काली कलूटी, मेरी दादी मेरे पापा से कहती थी इसे इसके बाप के घर भेज दो मैं तुम्हारा दूसरी शादी करा दूंगी। मेरी माँ हमेसा रोती रहती थी कहती थी बेटा तुमदोनो बड़े हो जाओगे न तब मैं तुमदोनो को तुम्हारे पापा के पास छोड़ कर चली जाऊंगी फिर तुम्हारे पापा दूसरी माँ ला देंगे जो तुमलोगों की सेवा करेगी फिर दादी भी तुमसे प्यार करेगी

क्योंकि तुम्हारी नई वाली माँ गोरी होगी न और तुम्हारे पापा भी घर में रहने लगेंगे तुमलोगों को बहुत प्यार करेंगे, तुम दोनों को मेरी कमी कभी महसूस नही होगी, और बेटा तुम अपनी छोटी बहन का हमेसा ख्याल रखना तुम इसके साथ चलना, तुम छोटी का दोस्त भी बनना भाई भी बनना और ढेर सारा प्यार देना जैसे मैं तुम्हें देती हूँ। लेकिन हाँ बेटा मेरी एक बात हमेसा याद रखना जब तुम बड़े हो जाओगे और शादी कर लोगे तो अपनी पत्नी के साथ वैसा कभी मत करना जैसे तुम्हारे पापा मेरे साथ करते हैं, तुम्हें पता है कोई भी लड़की अपने पिता का घर छोड़कर सिर्फ तुझपे भरोसा कर के आती है वह किसी को नही सिर्फ तुम्हें जानती है, जितना तुम उसे प्यार करोगे उससे कई गुना ज्यादा वह तुमसे तुम्हारे सगे संबंधियों से प्यार करेगी, और मेरी माँ यह भी कहती थी एक पत्नी को ज्यादा कुछ नही चाहिए होता है वह हर दिन कपड़े भी खरीदने को नही कहती वह यह भी नही कहती की तुम्हारे तरह मैं भी अपने दोस्त के साथ बात करूंगी या घुमना है, वह पत्नी तो बस थोड़ा सा प्यार माँगती है उसके काम मे कभी कभी थोड़ा हाथ बटा दो उतना काफी होता है, कभी उसके काम की तारीफ कर दो वह उतना ही में खुश हो जाती है और मुझे विस्वास है बेटा तुम मेरे बातों को जरूर समझोगे, मैं कहता था हाँ माँ सब याद करूँगा पर तुम छोड़ के जाने की बात मत करो तुम नही रहोगी तो हम कैसे रहेंगे हम भी नही रहेंगे, तुम बताओ हमें कोई डाँटेगा को हम किसकी ओर दौड़ेंगे, माँ हम किसकी आँचल में छुपेंगे, यह तो सोचो माँ तुम नही रहोगी तो कही से आने के बाद हम किसके पास जाएंगे, कौन हमें बेटा बोल कर गोद मे उठाएगा, कौन हमारे आने से पहले हमारे लिए खाना तैयार रखेगा, माँ तुम नही रहोगी तो हमें मत रो बेटा मैं हूँ ना सब ठीक हो जाएगा कौन कहेगा, और हमे कौन इतना प्यार करेगा माँ बोलो न माँ, माँ कहती है बेटा मैं अभी तुम्हें छोड़ कर बिल्कुल नही जाऊंगी, और फिर मेरे बाद तुम्हारे लिए तुम्हारे पापा नई माँ भी तो ला देंगे न जो तुमदोनो कि सेवा करेगी, मैंने बोला नही हमे कोई दूसरी माँ नही चाहिए मुझे तुम चाहिए माँ और माँ देखो गोलू की नई माँ आई है गोलु और शांति को कितना मारती है प्यार भी नही करती और कितना काम करवाती है वह दोनों रोते रहते हैं और उसके पापा भी कुछ नही कहते, वह भी नई

माँ के तरफ से बोलते हैं और उसकी दादी भी अब गोलु ओर शांति से प्यार नही करती, देखो माँ तुम हमे छोड़ कर कभी मत जाना तुम नही रहोगी तो हम भी नही रहेंगे इतना कहकर दोनों रोने लगते हैं माँ कहती है अरे बेटा मैं भला अपने ऐसे नन्हे सोना मोना को छोड़ कर कहाँ जाऊंगी कही नही जाऊंगी अच्छा अब ये सब छोड़ो, चलो हम तीनों आज आलु का फ्रोठा बनाते हैं मेरे दोनों लाल खाएंगे न। फिर एक दिन अचानक मेरी माँ की मौत हो गई वह रात को सोई और सुबह उठी ही नही। मैं अपनी छोटी बहन को लेकर उस घर से भाग गया क्योंकि मुझे डर लगने लगा था मेरे पापा दूसरी माँ लेकर आएंगे और वह माँ मेरी छोटी को और मुझे बहुत मारेगी परेशान करेगी, हमलोग घर से शाम को निलके और एक बड़ी गाड़ी में बैठ गए उस गाड़ी से पुआल आया था, सुबह हमलोग धीरे से उस गाड़ी से उतर गए। सुबह की सूरज बहुत ऊपर आ गई थी। हमलोग एक अनजान जगह पे आ गए थे और हमलोगों को भूख प्यास भी लग गई थी पर कोई हमें खाने पीने को देने वाला नहीं था। चलते चलते हम एक मंदिर के पास पहुँचे हमने सोचा, वहा से थोड़ा प्रसाध मिल जाएगा तो खा लेंगे और मेरी छोटी भी बहुत थक गई थी। हमलोग मंदिर की सीढ़ियों पे गए और वही बैठ गए, थोड़ा थोड़ा लोगो ने प्रसाध दिया हम वही खा कर पानी पी लिए और फिर शाम भी हो रही थी। मैं और मेरी छोटी वहा से निकल गए पर अभी तक पता नही था किधर जाना है पर हमलोग जा रहे थे मेरी छोटी अचानक गिर गई और बेहोश हो गई मैंने मदद माँग पर कोई मदद नही कर रहा था फिर मैं छोटी को रोड के किनारे एक पेड़ के पास ले गया वहाँ आस-पास दुकान थी मैंने पानी माँगा तो सबने पैसा माँगा कोई मदद नही किया फिर मैं दौड़ कर छोटी के पास गया और छोटी को उठाने लगा मैं रोने लगा माँ को याद करने लगा, छोटी छोटी बोल कर रो रहा था तभी वहाँ से एक दीदी जा रही थी बोली क्या हुआ बेटा मैंने कहा देखो न मेरी छोटी मुझसे बात नही कर रही वह दीदी पानी लाई और मेरी छोटी का आँख मुह धोइ थोड़ी देर बाद छोटी उठ गई मैं खुश हो गया, छोटी माँ-माँ बोल कर रोने लगी, फिर मैंने उसे चुप कराया, छोटी बोली भैया अब मैं नही चल पाऊँगी वह दीदी बोली बेटा तुमलोग कहां जा रहे हो और तुम्हारे माँ पापा कहां हैं हम दोनों रोने लगे छोटी फिर से

माँ माँ कह कर रोने लगी, मैंने कहा मेरी माँ नही है फिर मैंने उस दीदी को पुरा कहानी बताया वह मेरी छोटी को गोद में ले ली और बोली अब रात होने वाली है तुमलोग कहा जाओगे ऐसा करो तुम दोनों मेरे घर चलो वही रहना तुम्हारे जैसे और भी बच्चे हैं मेरे घर फिर हमदोनो उस दीदी के घर चले गए वहाँ पर गए वह हमें खाना खिला कर सुला दी, वह बात कर रहे थे कि इन्हें इनके घर का पता पुछ कर घर छोड़ देंगे, पर मुझे वापस उस घर मे नही जाना था सुबह होते ही हमलोग उस घर से भाग गए, चलते चलते फिर एक मंदिर में पहुँचे वही पर 1 दिन रूके पर रात को नींद नही आई अगली सुबह हमलोग वहाँ से आगे बढ़े अब हम बहुत थक गए थे चला भी नही जा रहा था छोटी भी थकी हुई थी फिर एक दिन हमलोग रोड पे ही सो गए और सपने में मेरी माँ आई मैं देखा तो खुश हो गया मेरी माँ आ गई वह मुझे और मेरी छोटी से बोली कैसे हो मेरे लाल और तुम लोग यहाँ क्यो सो रहे हो मेरे साथ चलो फिर माँ हमें लेकर एक जंगल में चली गई वहाँ कुछ ऋषि मुनि थे और माँ गायब हो गई मैं जोर से चिलाया माँ मेरी नींद खुल गई छोटी भी उठ गई। सुबह मैं अपने छोटी को लेकर वैसे ही जाने लगा जैसे सपने में मेरी माँ हम दोनों को लेकर गई थी हमलोग वहाँ पहुँचे तो एक कुटिया दिखा वही जाकर मैं और छोटी बैठ गए भूख और प्यास से जान जा रही थी पीछे से एक बाबा आए और बोले अरे बच्चा कौन हो तुम दोनों और यहाँ क्या कर रहे हो, मैंने उस बाबा से पहले पानी माँगा वह हमें कुटिया में ले गए और हम दोनों को पानी पिलाया, उस बाबा को मैंने सारी कहानी बताया और फिर हमदोनो वही रहने लगे, गाना बजाना भी सिख गए। उस वक्त से अब ऐसे ही घूम घूम कर मानते खाते हैं। वह दादी बोली फिर भी तुम्हारे पापा तुम्हें ढूंढ रहे होंगे, आशीष बोला वह क्यों ढूंढेंगे वह तो अब तक नई माँ भी ले आए होंगे और हमें भूल भी गए होंगे। आपलोग से निवेदन है इस तरह के बातें मत पूछिए यह यादे हमे दुःख पहुचाते हैं। दादी बोली अच्छा एक आखरी बात बताओ तुम अपने मामा के घर भी तो जा सकते थे वहाँ तो कोई दिक्कत नही होती फिर वहाँ क्यो नही गए, आशीष बोला क्योंकि मेरी छोटी भी मेरी माँ की तरह शावली है अगर हम दोनों वहाँ रहते तो हमारे बड़े हो जाने के बाद मेरी छोटी का शादी करा देते, अगर दुर्भाग्य से उसका भी

पति मेरे पापा जैसा मिलता और वही झेलना पड़ता जो मेरी माँ झेल रही थी तो मैं यह बर्दाश्त नही कर पाता इसलिए मामा के घर भी नही गए। और अब हम भाई बहन दोनों आजीवन अविवाहित रहने का प्रतीज्ञा ले चुके हैं। दादी बोली तो क्या तुम्हारी माँ ऐसी ही दिखती थी आशीष बोला मेरी छोटी बिल्कुल मेरी माँ के जैसी है, वह दादी कहती है कितना सुंदर मुखड़ा है इतना सुंदर चेहरा को कोई कैसे काली कलूटी बोल सकता है, एक दूसरा व्यक्ति कहता है जो भी हो पर लगता है बहुत जुर्म हुआ होगा उस बेचारी पर, इतना सुंदर-सुंदर दो लाल को कोई कैसे छोड़ सकता है, एक तीसरा व्यक्ति कहता है अरे भाई यह जो पर स्त्री से प्रेम होता है न उसमें लोग अपने माँ को भी मार देते हैं फिर वह तो बेचारी पत्नी ही थी। आशीष कहता है मैं आपसब से एक बात बोलु , वह दादी बोली बोलो बेटा, आशीष बोला बच्चों को खुशी उतना तब नही मिलता जब उनके माता पिता सिर्फ बच्चों से प्यार करे, बच्चों को सबसे ज्यादा खुशी तब मिलती है जब वह अपने माता पिता को साथ देखते हैं, दोनों में गहरा प्रेम देखते हैं। मेरे पापा मुझसे और मेरी बहन से तो प्रेम करते थे पर मेरी माँ से नही करते थे अगर मेरे माँ से पापा को प्रेम होता और मेरी माँ मर भी गई थी तभी मैं पापा के साथ रह लेता, पर मेरे पापा ने मेरी माँ से कभी प्रेम नहीं किया, जितना वह दूसरों से प्रेम करते थे उसका 3% भी उन्होंने मेरी माँ से प्रेम नही किया । बस मैं इतना ही कहूंगा आप अपने बच्चों से प्रेम करते हैं अच्छी बात है पर अगर पति अपने पत्नी से और पत्नी अपने पति से प्रेम करे तो यह सबसे अच्छी बात है। बच्चे अपने माता पिता को खुश देख कर ही खुश होते हैं। कुछ देर बाद इन्हें भिक्षा मिलती है और दोनों भाई बहन सारंगी बजाते हुए वहाँ से चल जाते हैं

೧

एक शायरी

"माँ के गर्भ से लेकर शमशान तक जाते-जाते नारियों का सम्मान किया किसने, माँ के गर्भ में अपनों ने मारा बाहर यह गंदी सोच वाले मारते हैं अपने इंद्रियों पर नियंत्रण नहीं और यह विनाश के पीछे नारी का हाथ बताते हैं।"

अब हम थोड़ा अंजली के घर भी चल लेते हैं, एक चाचा आए और बोले राम राम भाई क्या हाल खबर है अंजली के पापा बोले सब ठीक है, वह बोला अरे भाई 3 साल हो गए बिटिया को शहर गए शादी-वादी नहीं करना क्या या ऐसे ही कवारी रखेगा, अंजली के पापा बोले देखेंगे जब बेटी पढ़ लेगी तो करा देंगे शादी, यूही थोड़ी देर बात होती है और चाचा अपने घर चले गए। अंजली का कॉल आया हेल्लो पापा उसकी माँ फोन उठाती है और बोली अरे अंजली बेटा मैं तेरी माँ बोल रही हूँ तुम कैसी हो बेटा अंजली बोली माँ आज मैं बहुत खुश हूँ और खुशी की वजह पता है उसकी माँ बोली मेरी बेटी इतना खुश है यानी उसका रिजल्ट आ चुका है मैंने सही कहा न, अंजली बोली हाँ माँ मैं पास हो गई और कल घर आ रही हूँ, अंजली के पापा आते हैं उसकी माँ बोली सुनिए जी अंजली पास हो गई। मतलब हमारी बिटिया अंजलि दरोगा बन गई, उसके माँ पापा बहुत खुश हैं, अंजली कहती है जब तक मैं घर ना आ जाऊं किसी को कुछ मत बताना। गांव में कुछ लोग न्यूज़ पेपर पढ़ते थे जब सुबह न्यूज़ पेपर देखा तो अंजली का तस्वीर और साथ में उसके बारे में लिखा हुआ था लोग तो आश्चर्य चकित रह गए यह अंजली ही है न, यह तो दरोगा बन गई, गांव में हल्ला हो गया कि अंजली दरोगा बन गई। लोग अंजली के घर जा रहे हैं और उसके पापा से क्या कहते हैं जरा सुनिए। अरे भाई क्या कर रहे हो जरा इधर आओ अंजली के पापा बाहर आए बोले आओ भाई बैठो, चाचा बोले अरे भाई चलो अब मुह मीठा कराओ, उसके पापा बोले मुह मीठा पर किस खुशी में, चाचा बोले लो बिटिया दरोगा बन गई और कहते हो किस खुशी में, उसके पापा बोले क्या मजाक कर रहे हो, मेरी बेटी दरोगा बन गई, चाचा बोले क्या तुम्हें पता नही वह बोले नही तो, चाचा बोले अच्छा जरा फ़ोन लगाओ बिटिया को और पूछो तो उधर से उधर इयूटी जॉइन कर लेगी और यहाँ डायरेक्ट वर्दी पहन कर ही आएगी क्या, उसके पापा बोले मैंने फ़ोन किया पर ऑफ आ रहा है। आपको बता दे की यह वही लोग हैं जो ताने मारते थ, आज कह रहे हैं मुझे भरोसा था यह लड़की जरूर कुछ करेगी, देख कर ही लगता था यह बहुत होनहार है देश का भविष्य है कुछ इसतरह की बाते होती है। और लो अब 1:00 बज चुके थे और अंजली के घर आने की खबर सबको हो गई। पूरा गांव

उसका स्वागत के लिए गांव के मेन गेट पर खड़ा है कोई ढोल बजा रहा है तो कोई फूलों का माला लिए खड़ा है।

"कोई ढोल बजा रहा तो कोई अंजली के नाम फूलों का माला सजा रहा है, देखो अंजली के स्वागत में कैसे पूरा गांव होली दीवाली सब एक साथ मना रहा है"

अंजलि का बहुत ही सुंदर भव्य स्वागत किया जा रहा है। अंजलि के दरोगा बन जाने की खुशी में आज पूरा गांव जश्न बना रहा है। अंजली घर आ गई मीडिया वाले भी आए हैं उसके घर बहुत भीड़ लगी हुई है पूरा गांव अभी यहीं पे देख सकते हैं। मीडिया वाले आए हैं कहते हैं आप इस गांव की पहली लड़की है जो किसी सरकारी पद पर है, आप गांव की पहली बिटिया ऑफिसर है तो बताइए आपको कैसा महसूस हो रहा है, अंजली बोली मुझे बहुत बहुत बहुत ही ज्यादा अच्छा लग रहा है, मीडिया वाले बोले अच्छा आप लड़कियों को क्या संदेश देना चाहेंगे, और आप अपने सफलता के पीछे किसका सहयोग बताएंगे। अंजलि कहती है सबसे पहले तो मैं आप सबको धन्यवाद देना चाहुंगी। आज आप सबने मुझे बहुत सारा प्यार दिया आपलोगो के स्वागत के परिणाम स्वरूप मेरा हृदय अपार हर्ष से प्रफुलित हो रहा है। और सबसे पहले मैं धन्यवाद अपने माता पिता को दूंगी जिन्होंने दुनियां की परवाह न करते हुए मुझपे भरोसा कर के मुझे शहर भेजा जिसका परिणाम आज आप सबके सामने है। मेरे माता पिता इन्होंने हमेशा मेरा हौसला बढ़ाया कभी जो मुझे लगा कि अब मैं नहीं कर पाऊंगी तब मुझे मेरे पापा मम्मी ने कहा तुम कर सकती हो मुझे हिम्मत दिया मुझे हमेसा आगे बढ़ने की प्रेरणा दिए । और मैं सभी माता-पिता से कहना चाहूंगी दुनियां क्या कर रही है उसे मतलब सुनिए मगर अपनी संतान पर भी भरोसा कीजिए मैं सभी लड़कियों और लड़कों से भी कहना चाहूंगी कि आप किसी का भरोसा है और उनका भरोसा मत तोड़िए। हम जैसे ही जन्म लेते हैं हम अनेक रिश्तों से बंध जाते हैं और उसके बाद हम जो भी करते हैं उसका परिणाम सिर्फ मेरे या आप तक नही रहता वह हआ की तरह हर जगह फैल जाती है अगर हमारे द्वारा किया हुआ काम सही रहता है तो लोगो पर सकारात्मक प्रभाव पड़ता है और गलत करते हैं तो बुरा नही बहुत

बुरा प्रभाव पड़ेता है। आप सब यह भलीभांति जानते हैं कि अच्छा चीज कही कमरे में दम तोड़ देता है और बुरा चीज हर जगह फैल जाता है अच्छा को सब अच्छा बोले या ना बोले पर बुरा को बुरा जरूर बोलेंगे। आप कहते हैं यह मेरा जीवन है और मैं इसे अपने हिसाब से जीना चाहती हूँ या जीना चाहता हूँ, अच्छी बात है आप अपने हिसाब से अपना जीवन व्यतीत कीजिए कोई दिक्कत नहीं मगर ध्यान रखिए कि आपके द्वारा किया हुआ हर एक कृत्य बहुतों को प्रभावित कर सकता है। आखिर में मैं बस यही कहना चाहूंगी की आपको जो भी काम करना है या आप जो भी काम कर रहे हैं ख़ुदको उसके प्रति पूरा समर्पित कर दीजिए सफलता आपने पीछे दौड़ के आएगी।

"आधे अधूरे काम का परिणाम कभी पूरा नही आता, इसलिए शायद नदी में बाढ़ कभी भी बरसात से पहले नही आता।"

जय हिन्द जय भारत

लवकुश कुमार मेहता

❧